"大榕树"
原创文库

瓣香源流

黄河清 / 著

海峡出版发行集团
海峡文艺出版社

图书在版编目(CIP)数据

瓣香源流/黄河清著. — 福州:海峡文艺出版社,
2024.8
ISBN 978-7-5550-3804-7

Ⅰ. I247.5

中国国家版本馆 CIP 数据核字第 2024J72D93 号

瓣香源流

黄河清　著

出 版 人　林　滨
责任编辑　何　莉
出版发行　海峡文艺出版社
经　　销　福建新华发行(集团)有限责任公司
社　　址　福州市东水路 76 号 14 层
发 行 部　0591—87536797
印　　刷　上海盛通时代印刷有限公司
厂　　址　上海市金山工业区广业路 568 号
开　　本　720 毫米×1010 毫米　1/16
字　　数　250 千字
印　　张　12.5
版　　次　2024 年 8 月第 1 版
印　　次　2024 年 8 月第 1 次印刷
书　　号　ISBN 978-7-5550-3804-7
定　　价　58.00 元

如发现印装质量问题,请寄承印厂调换

序

现在，有机会把这些文章编在一本叫书的集子里，信手翻开，才发现辑文成册很有必要。这就像把文字变成一颗颗沙砾，铺就在历经的生活之路上，沙砾上留下了一串串歪歪扭扭的脚印，那是记录生活的最好印迹。当回过头来，会看见那些若隐若现的划痕，揭开过往的所有记忆，看见埋藏在文字里的深深情感，那是生命里不同瞬间的呼吸，是对平凡生活的一种追求。

对于文字的喜爱始于少年，17岁那年在福建省妇联《女子天地》报上发表了一篇小散文，那欣喜若狂的神情至今历历在目。几十年过去了，我陆陆续续在全国报刊上发表了一些文章，然而对于文字的情感，仿佛一段不能割舍的恋情，一直深爱着、迷恋着，痴情不悔，一生相随。

散文是我最喜欢的一种文字表达方式，它可以记事，也可以抒情，可以长，也可以短，可以说散文是最不拘一格的形式。前人说：散文者，散也。这就是说散文没有定式，各有各的写法，这才显示出文章的多彩多姿来。对于读者而言，散文篇幅的自由，更适应当下的阅读习惯，读起来不累，不需要一本书从头读到尾，单独看一篇也可以。人类的情感是非常丰富的，很多时候我们会有感触，但无法表达，只能潜藏心底。一天，突然在一篇散文中读到那么几句话，激活了自己的某种情感，同时也因为文字的背后有令人深思的启发与思考，于是产生了共鸣。

一直认为"花之娇媚者，多不甚香"，让自己的文字少一些绚丽缤纷，多一些沉静从容。删繁就简三秋树，把枝头的繁华卸下，留下清瘦的枝丫伸向天空。一直认为，真正的写作其实是谋心，散文是实现内心对话的最佳方式，是心灵泉水的自然流淌，是灵魂的自由呼吸，写作的高度来自广阔的视野和精神的自省。只有忠实自己内心的写作，才能让读者有共情、有共鸣。一直认为，写作和绘画一样，要有画面感，要有灵性，大师齐白石说："作画要形神兼备，不能太像，太像则匠气，不像则妄。"一幅好的绘画是一种情绪的表达，一种自然的状态，一种休闲的方式。好的文字也是如此，从来都是云端上的紫燕。

一个大雪纷飞的日子，我到南昌青云谱拜访八大山人的真迹，徜徉在大师画前，深深地被画作的形神兼备、超凡脱俗、笔简意赅、奇情逸韵所陶醉。唯有对尘世怀着深深眷恋的人，才能用中国的诗、书、画来表达生命的尊严、生命的价值、生命的活泼、生命的伟大，以至几百年来一直让后人感悟和触摸到那一颗跳动的灵魂。

年轮总是很轻易地烙下苍老的印记，唯有字里行间收藏着时光深处的细腻。似水流年里，所有的过往都是收获，我以一支笔，俯身拾起它们，因为我决不忽视美，如同决不忽视春秋冬夏。

我将文字当成一块块抛出去的石头，以期引来更多的美玉。也希望这一块块的石头，垫在自己脚下，好向高处出发。感谢在文学之路上给我支持帮助的老师和朋友，这里不一一列出他们的名字，我会永远感恩在心！

是为序。

目 录

瓣香源流

"灵妃一女子，瓣香起湄洲。"这是南宋诗人刘克庄赞美妈祖的诗句。妈祖是海的女神，这位神奇的女子，从出生到去世，只在世上生活了二十多年；这位伟大的女性，从去世到今天，却在世上默默守望了一千多年。对妈祖的崇拜延续之久、传播之广、影响之深，是其他民间信仰所未曾有过的。她以一种朴素的亲切，播撒着人间的大爱、大德、至善，并凝聚成一种强有力的精神，形成瑰丽神奇、博大精深，融入人心的妈祖文化。

妈祖文化从一个蕞尔小岛发起，走出湄洲，走向全国，走遍世界，造就了全球近1万座分灵庙和3亿信众，这是怎样的钟灵秀慧！怎样的神秘奇特！怎样的古朴绚丽！让我们到妈祖源流博物馆中去一一感悟吧。

初秋的雨在树叶上敲击出有节奏的拍子，聚集在瓦屋上的檐沟又很快流向檐口，一会儿汇成线流，排成数条细丝，似竖琴上的琴弦，一头在屋檐，一头在檐下的石板上，浇出阵阵回声，清脆悦耳。矗立在湄州岛上林村妈祖诞生地山包上的源流博物馆在雨中显得清幽和寂静。白墙朱窗，飞檐翘角，双坡屋脊，带着闽南建筑的遗风，以一种宏大的气势扑入我们的眼帘。源流馆建于2012年，占地面积4000 m²，建筑面积2300 m²，展厅面积1400 m²。如果说历史是一本积淀深厚的书，那么文物宝藏便是这书中不可忽视的一页一页，一件文物讲述着一个故事，让我们静静地聆听源流馆中400多件有灵性的藏品讲述生动的故事吧。

我怀着一颗崇敬的心情走进源流馆的大门，映入眼帘的是一尊洁白的妈祖雕像，她凤冠霞帔，手捧如意，目视远方，气定神闲，令人震撼，这尊汉白玉妈祖像，高3.23米，重达8吨，是迄今大陆最高最重的整块汉白玉妈祖雕像。雕像的背景是一幅巨大的碧海蓝天壁画，祥云朵朵，惊涛拍岸，耳边回响着由近及远的阵阵涛声和铿锵和鸣的乐声。于涛声乐声中，隐隐回荡着"宋代坤灵播，湄洲圣迹彰。至今沧海上，无处不馨香"的深情朗诵。这是清代进士庄俊元的经典诗句，其晓畅明白地道出了妈祖出生于湄洲，妈祖信仰发祥于湄洲及妈祖信俗的神奇传播和巨大影响。

妈祖雕像前的斜坡式展板上，中间是"天下妈祖，祖在湄洲"八个黑体大字，右侧描绘了一幅湄洲岛地图，左侧描绘了竖立体鎏金的"世遗"图案。序厅的左墙上展示的是有关《妈祖信俗》列入"世遗"的八项实物牌匾，其中最重要的一张是联合国教科文组织颁发的将妈祖信俗列为"人类非物质文化遗产名录的决议"。

从序厅的左侧门进入，是馆的第一厅，讲述了妈祖的"诞降与行善"。这里建有一个大"取景框"，与内园相连，在内园建有一座典型宋代海岛民居的正面部门，房前陈列着渔船、渔网、船桨、纺车、织机等用品，看去都是一些旧器具。小院中有一口宋井，房内有照片呈现了古眠床、桌椅、摇篮、梳妆台等。再现了妈祖居住过的林家院子里的居屋，妈祖就是诞生在这间屋中。史书上说："诞之日，异香闻里许，经旬不散。""见一道红光从西北射室中，晶辉奇目……"充满神秘色彩，普现祥瑞异兆。墙上的《天后降诞》动漫片重现了妈祖诞生的盛况，我仿佛嗅到了阵阵馥郁的香气从五光十色的光线中弥漫开来。

往里走几步，只见墙边立着一块刻有"天妃祖迹地名上村"的明代石碑。这个石碑是复制件，原件坐落在离馆200米的天妃故里遗址公园内。石碑是明末湄洲祖庙住持僧照乘题写的，它是妈祖出生在上林村的有力见证。墙上的《妈祖本支世系表》从林蕴至林墨共七世，即妈祖为莆田著名的"九牧林"后裔。妈祖共有8位家人，包括父母亲和1个哥哥及5个姐姐。厅的天花板上悬挂着六盏古色古香的灯笼，这是祖庙珍藏的文物，两盏珠灯，四盏琉璃灯，灯通高113厘米，灯笼高36厘米，径约48厘米。灯分上中下三部分，上部为铜质冠帽形顶，六角形，中部为鱼胶制成的椭圆形灯笼，内可置蜡烛照亮灯笼，下部与上部花箍卷一样，为玻璃珠串结成流苏条。整盏灯造型典雅别致，展示了古代渔民的智慧和宋代以来人们对妈祖的崇敬之情！

厅的两边张挂着16幅巨大的有关妈祖生前得道行善传奇故事的彩绘，彩绘的原图来自中国历史博物馆馆藏《天后圣母事迹图志》。放大后重新制作，色彩艳丽，画工精美。厅中间长四米的双向俯视柜中，陈列着大小不一的船模十多艘，据说在新船下水出航前，都会将该船的船模供奉在妈祖庙内，祈求风调雨顺，所以船模成为妈祖信仰中特有的现象。

在厅的转角处，有一青铜组雕，讲述了年轻的妈祖为百姓问诊、取药的故事。走过组雕就是讲述妈祖"救海与升天"的第二厅。电子屏上正播放着大型神话剧《妈祖》中妈祖羽化升天的情节，画面上祥云横岫，霞光满天，乐声曼妙，妈祖乘风而上，飘飘然翱翔于云霞之间，若隐若现，俯视人间，脉脉含情……电子屏旁是仿制的"升天古迹"遗址，楷书"升天古迹"四字，字幅高160厘米，宽50厘米，左款署"住持僧照乘和尚叩立世原洋"，原物现存祖庙寝殿的后侧。几个取自升天古迹处的文物陈列其中，如"升天洞"石额，原嵌在祖庙升天洞门上，属清代乾隆年间；两只明代石狮，公狮握球，而母狮则蹲坐在石板上，虽然风霜雨雪已模糊了它们的轮廓，却依然活灵活现；浮雕龙陛，原置于祖庙寝殿前的石阶下，为明代石刻。另外还陈列着一批从祖庙出土的陶鸱尾、陶牡丹瓦当、陶方砖、陶瓦筒、青瓷片等一批宋代文物。虽然妈祖在救海中不幸捐躯，但湄州人确认她是羽化升天了，并为她建庙奉祀，于是宋代就有了第一座妈祖庙，就是今天的湄州祖庙，这些文物见证了妈祖升天和祖庙的建立。

拾级而上，来到讲述妈祖的"神迹与历代褒封"厅。作为人，妈祖扶危助困，行善济世；作为神，妈祖慈悲博爱，护国庇民。妈祖用她的至善和大德大爱，感天动地，其灵验神迹广泛流传于民间，使得妈祖信仰越播越远，最终，出现在皇帝褒封的诏书上。从宋、元、明、清四个朝代的 700 多年间，妈祖受到皇帝褒封达 36 次之多，封号累加至 64 字，从"夫人"到"妃""天妃"，直到"天后"。

墙上悬挂着三幅高仿古画，这是清代莆田画家欧峡描绘的 4 幅《妈祖圣迹图》中的 3 幅，其中 1 幅已遗失。欧峡在这 3 幅有限的画面中都画出了数十节妈祖故事，尤其是其中明白如话地描绘出了妈祖最突出的神迹故事和受到皇帝褒封的经过，可以称为妈祖神迹故事的浓缩版。

继续往前走，迎面是三幅拓片。这三幅拓片是妈祖祖庙董事会派赴各个地方专门拓下来的，其中《天妃灵应之记》描写的是明永年乐三年，三保太监郑和首次下西洋，途经长乐海域，突然狂风大作，恶浪滔天，眼看舟楫有倾覆之危，郑和焚香三柱，求天妃保佑，顿时风平浪静。于是，郑和在长乐立庙祭祀天妃。《师泉井记》记载着康熙二十一年十月，清军水师提督施琅奉命率三万水兵驻扎平海，等待乘风东渡台湾。当时正遇干旱，军中缺水。平海天后宫旁有一被填废井，施琅命令挖掘，并暗向妈祖祈祷。井挖好后泉水清冽甘甜，源源不断，解了老百姓、兵士用水之难。施琅以为这是神赐甘泉济师，亲书"师泉"二字，此井至今仍存。不管这碑内容如何，其所刻文字字体锋芒毕露，瘦硬通神，极具书法观赏价值。

放眼望去，这里还存放着为数不少的文物，庙藏的清代漆金木雕"圣旨"，乾隆五十三年"圣旨"石刻，庙藏清代漆金透雕九龙匾，清道光十九年制作的铜质印玺，据说这是祖庙的镇庙之宝，常用于为妈祖符盖印，能驱邪保平安。另外还有仙游显圣宫藏的历代褒封匾和厦门市博物馆藏的清嘉庆刻制的历代褒封木匾，虽是仿制品，却古色古香，透出沧桑感。

厅的左右墙壁上整齐排列着"妈祖与陪神"的大幅彩绘像，除了千里眼、顺风耳属神话人物外，其余十位均是历史人物，尤其是路允迪、李富等八位系有功于国家与民族，且对弘扬妈祖精神有独特建树的历史人物。

"一尊妈祖两岸情，追根溯源血脉亲"，在"两岸情缘"厅，一幅标示着大陆与台湾的地图上正演示动漫妈祖东渡台湾的历史。目前台湾的妈祖分灵庙有 2 千多座，信众达 2000 万人，占台湾总人口的 70%，妈祖信俗在台湾的繁盛，体现了台湾与祖国血脉相亲的关系。在厅中间陈列着台湾大甲镇澜宫赠送给祖庙的妈祖轿，这两顶轿子曾经在妈祖巡游时坐过。两侧的展柜里陈列着海峡两岸妈祖文化交流的大量物品，有缔结至亲盟约书、牌匾、神像等等。在这里，每一件物品都会说话、会唱歌、会带你走进另一个妈祖的世界。

妈祖从最初的一尊神像到如今全世界有亿万化身，这中间靠的是一千多年来持续不断的圣火传递式的分灵、分炉、割香。正是这些形式多样的仪式，播撒着妈祖的灵光与大爱。一幅幅信众定期奉送分灵祖像回湄洲祖庙谒祖进香的照片，似乎在确立祖灵与分灵香火传承关系的永续性。特别是大厅中间一组湄洲妈祖出游的微缩场景，艺术家抟泥幻化，创作了几十个栩栩如生的人物，再现了妈祖出游的生动场景，惟妙惟肖，令人赞叹。

6

由于湄洲是妈祖的诞生地，祖庙是妈祖信仰的发祥地，所以元、明、清各朝皇帝都曾遣官直接"诣湄洲致祭"，于是在湄洲祖庙就形成了一种最高规格的祭仪——妈祖祭典。在"妈祖祭典"厅的中后位置设立了妈祖祭筵一座，这座祭筵仿设的是妈祖祭典时所需的所有祭器与祭品，所有的祭器都来自庙藏的青铜器，十分珍贵。游人们可以在蒲团上跪拜，许个心愿。祭筵对面的大幅照片展示了妈祖祭典时的盛大场面，边上的电子屏上正播放着妈祖祭典中最精华的部分，即"三跪九叩首"大礼。从康熙五十九年（公元 1720 年）开始，妈祖祭典被编入国家祀典，与孔子祭典、黄帝祭典并称为全国三大祭典。但自民国以后，妈祖祭典被简化并逐渐湮没，直到 1994 年农历三月二十三日妈祖诞辰才得以恢复。如今，妈祖祭典已成为湄州祖庙祭俗的标识，每年都举行春秋二祭，并于 2009 年被列入首批国家级非物质文化遗产。

供桌的香炉上安放的三炷大香，在电的控制下，隐隐地闪着红光，似有一缕缕青烟升腾而起。几个孩子在供桌前围成一圈，倾听讲解员的解说，一张张稚气的脸，沉浸在妈祖文化的氛围和"场"里。

看着这情形，我不禁想，源流馆的一个重要作用，应是教化和启迪，用曾经的历史、人物、辉煌，去感受、熏陶、激励后代，让他们自小就被大爱、被温暖、被充实，这或许比任何空洞的说教都更为有效。

在最后一个"四海共仰"展厅中，立于展柜中的两尊妈祖神像尤为珍贵，一尊是宋代妃木雕坐像，一尊是明代天妃坐像，虽然身上的彩绘因为年代的久远，已经剥离得不可复现，但神态依旧是那么厚重庄严。

边上展柜中陈列着妈祖金身换下来的龙袍、凤冠霞帔、珠鞋等，散发着有时浓郁、有时淡雅的香气，或许是久置庙宇长年熏炙的袅袅香烟，在物换星移中更多了一份历史的味道。

世界地图的沙盘上闪烁着五大洲妈祖分灵庙的地点，如点点星辰遍布开来。全世界有华人的地方，必有妈祖信俗，妈祖神力，无边弗届！

源流馆李馆长告诉我，今后源流馆将写好三篇文章。一是围绕"文化"二字写好文章。妈祖文化源远流长，博大精深，以多种多样的形式保存、流传、陈列好，除了享受一场视觉盛宴之外，还能感受妈祖文化的辉煌。二是围绕"价值"二字写好文章，博物馆无论是"国有"还是"民营"，对于民众来说无疑都有着丰富的价值，要研究好、利用好。三是围绕"管护"二字写好文章，管理的好则能延续传递，要周到精心的保护和修复，加大财力投入，建设专业人才队伍。

行走在源流馆的收藏展览之间，为妈祖信俗的遗存震撼，为妈祖文化的传承感慨。转眼已是千年，借源流馆去聆听古今人物穿越时空的无声对话，去触摸那段无法亲身经历的历史，去感受妈祖厚重的泥土气息。用眼睛去观察，用心灵去感受，源流馆就在我们心中，讲述着属于一个真实女子的神话故事。

不远处高高的平安塔上飘来阵阵的香火气，沁入心脾，宁静、祥和、温润，在幽蓝的海面上微笑着徐徐漾开……

被岁月包浆的遗珠

"包浆"又称"黑漆古",它是悠悠岁月中,因为尘土、汗水,把玩者的手泽,或土埋水浸,经久摩挲,甚至空气中射线的穿越,层层积淀,逐渐形成的表面皮壳。它滑熟可喜,幽光沉静,显露出一种充满时光温存的旧气。用这来形容一个僻静地方的一种悠远历史,我想是再贴切不过的。

坐落在大田县桃源镇北部的古村东坂在经历了一千多年的洗礼后,她不仅留下了名,还给后人带来视觉上的美,无尽的三维空间,似一颗遗留人间的包浆的珍珠。春夏之交的日子,应是一个品读她的绝妙时节,我们一行走进了烟雨蒙蒙的东坂古村⋯⋯

东坂位于去县一百多公里的崇山峻岭之中,有4个自然村,而4个村庄其实是4个自然形成的小盆地。东坂之名,绝非无缘无故,自有来龙去脉。东坂村在东晋时(公元317—420年)就有土客人居住,而村落则形成于宋初(公元960—997年),此时定居于此的一位叫"罗秀芳"的秀才,他读到唐朝诗人方干诗《送姚舒下第游蜀》:"蜀路何迢递,怜君独去游。风烟连北虏,山水似东瓯。九折盘芜坂,重江绕汉州。临邛一壶酒,能遣长卿愁。"偶有所感,他遂给村庄取了一个诗意的名字"东坂"。此名一用,传承千年。一代又一代的繁衍生息,逐渐使一个荒僻的小村变成了汇聚巫、熊、刘、黄、张、林等姓氏,900多人口的中国最美休闲乡村和中国传统村落。"远上崇山东日斜,坂田秧绿映丹霞。峰高一顶泉流响,古木千年落晚霞。"这是清代乡贤御授五品顶戴奉直大夫巫朝顺对东坂的描绘,脍炙人口,经久流传。

逶迤连绵的群山，合成一个双手入怀的姿势，娴静安逸的东坂村就被揽入此温暖如棉的怀抱中。它的前方绿野纵横，溪水潺潺，果树高耸，稻叶飘香，白鹭蹁跹，好一派美丽田园式的诗境。恐怕若是东晋陶渊明来此游历后，也会流连忘返的，说不定他也会在此筑屋生火，亲耕沃田，朝观熹微，暮览夕照……也难怪东坂所在的乡镇叫桃源。

下车驻足，首先映入眼帘的是一颗百年松树，树高约 9 米，树干要两三人才能合抱，苍劲挺拔，枝繁叶茂。神奇的是树干中间竟伸出另一个树干，长达 6 米，树干展向前方，仿佛一位好客的主人伸出手臂欢迎过往的人们。松树不远处的平坦空地上坐落着刘氏祖祠，当我们要跨进祖祠时，在祖祠大门的门梁上"福裕堂"三个红底黑字立即闪现在眼前。祖祠占地面积近 3000 平方米，为土木瓦结构，高低错落，分前后两堂，四周有小院环抱着。跨进大门，就可见一个天井，天井里已经没有了雨水的滋润，但在天井里的麻石上隐约可见一层淡淡的绿意，那是青苔的色彩。再抬眼望，一方蔚蓝的天空正横亘在天顶上，时常有一朵朵白云飘荡而去。

往里走，一幅大型木雕槅门出现在我们的面前，槅门最上端是各类镂雕花纹的木窗，中间和下端是各类阳雕的纹饰，有"喜鹊登梅枝""竹子拔节""鹿逐鸟鸣"等，这些木雕纹饰，取意吉祥，暗蕴着追求平安，向往富裕的心理。大堂的墙板上，还隐隐可以看到"打土豪、分田地，穷人不还富人钱，农民起来实行土地革命"等当年红军留下的标语。1937 年 7 月间，红军北上抗日先遣队的先头部队由永安西洋进入大田桃源，之后分两路，其中一路红军进入东坂，驻扎在刘氏祖祠、福进堂、安良堡等地，东坂群众热情招待，筹集粮食，捐物捐款，大力支援红军。祖祠的侧门可以通往外面梯田，当年驻扎的红军战士就是沿着这片层层梯田奔赴抗日前线，当地老百姓亲切地把这块梯田叫"红军田"。

从刘氏祖祠出来，我们轻轻踩踏着鹅卵石小道前行，发现这叠叠重重的古村老屋内，很多房子都是空空无烟火的，据说不少改成了民宿。只有几幢老屋内，偶尔才可以看到一、二位穿着青布褂老人缓慢走动的身影；偶尔也会闪现出一只老花猫或一条小黄狗的踪影。

不远处，一座廊桥横卧在溪涧之间，这就是安坤桥，原为木拱桥，后改为石拱桥，已有近千年的历史。廊桥的两头矗立着两棵高大的红豆杉，郁郁葱葱，枝叶相连，仿佛一对牵着手的情侣。每到秋天，红豆杉挂满点点红果，寄托着彼此恒久无言的相恋。

廊桥长约 30 米，桥墩由 6 块条石建成，桥梁的条石每根重约 2 吨。桥面、护栏和桥篷均用上好的老杉木搭建而成。廊柱 4 排 36 根，以榫衔接，斜穿直套，纵横交错，结构极为精密。栏外挑出一层风雨檐，起到保护桥面和增强整体美感的作用。桥屋内两侧设坐凳，形成长廊式走道。桥屋正中为升起式屋顶，形成重檐庑殿顶桥屋。桥篷上的飞檐翘角，桥梁旁护栏上的雕花走线，刻着沧桑的往事，记录着年代的久远。溪水流动的声响从桥下渗入，薄凉并夹着些许雾气，静谧弥漫了整个身体。

走过廊桥，一座典型的清代江南老屋呈现在我们眼前。这就是"福进堂"人称"巫大夫第"，已有 200 多年的历史。巫姓是东坂村的大姓之一，人口占全村的一半以上。据说，巫氏是上古三皇之一伏羲的后裔，伏羲创立八卦，所以巫氏后裔比较擅长易学和风水。由于古代的医学和巫术有很大关系，所以这个家族的人也有不少精通医术的。东坂村的巫姓是清代从汀州府迁入的。东坂村与永安青水畲族乡接壤，巫氏十三世祖开桂公娶了两位青水畲族钟姓妻子，从此，一切风俗习惯追随畲族，成为巫姓畲族的一支。

巫大夫第的主人巫朝顺，是当地有名的医学家、易学家。由于文武双全，由当时的宁洋县举荐，被光绪皇帝御授五品顶戴奉直大夫。"福进堂"背靠一顶山，系卧虎结穴，前有文笔峰高耸，可以说是真正的风水宝地。从开工到竣工，耗时三年。整座宅第占地2000多平方米，外墙用泥土砌成，内部全部用木结构，设置布局非常合理。既有主屋，又有附属房、书房、厢房和宽阔的天井。柱、梁、顶、门窗上有许多精美的木雕，不仅雕工精美，刀法明快，还融人物、山水、花鸟、故事为一体，意趣动人，寓意深刻。厅墙上也留有当年红军的标语。

在深深的庭院里，雕梁画栋的残片停留在岁月深处，布满包浆的拙朴和凝重，满覆时光的履痕。徜徉在幽暗并带有一点残破的院落，品读着这里曾发生过的一切，或与一株草独语，或与一朵花对话，你会发现这里的气场曾经是那么的巨大，而今只剩下丝丝古朴幽香的韵致。

福进堂旁，有一棵高大的水杉，为东坂村开基先祖所植，至今已有一千多年，是东坂的风水树。水杉高30多米，树径近3米，要6个成人才能合抱，当地人称这棵水杉为"树王"。相传，乾隆皇帝游江南时，有一天，来到了大田县文江花桥。听说东坂这个地方是个风水宝地，人杰地灵，有可能会出人王。乾隆皇帝立刻带着随从跋山涉水来到东坂。只见这里山清水秀，景色迷人，走到这棵大水杉前，看见不远处一顶山气势磅礴，非常感慨。同行的国师看了看四周对皇上说："圣上，此地虽然是风水宝地，可出很多人才，但这里溪流小，绝不可能出帝王，尽管放心。"乾隆皇帝在千年水杉下转了三圈，题下"树王"二字，并说："此地有树王，不可再出人王了。"

后人在千年水杉旁立碑记载此事，俗话说"山有神，树有灵"，千年水杉被村民尊为神灵，树下常年香火不断。袅袅香烟与从水杉繁茂的枝叶间倾注而下的阳光糅合在一起，愈发增添了神秘的色彩。摇曳的枝叶拨动着散落在地上的光斑，似在诉说流光岁月的世事沧桑。

千年水杉往东百多米，就是被列入全国重点文物保护单位的安良堡。远远望去，安良堡十分雄伟壮观。它筑造在一面山坡上，坐北向南，海拔 800 多米，前方后圆，占地面积达 3000 多平方米。东西两面为低山丘陵，北面山势高，南面为低矮的水田，水田前方为条形的山势。一条山涧小溪自北向南再向西从土堡的脚下流过，小溪上只有一座独木桥，土堡起到极佳的天然防御屏障作用。

土堡与土楼不同，土楼以居住为主，防御为辅。而土堡则以防御为主，居住为辅。大田从宋代开始大规模建造土堡，是福建土堡的核心区域，也是全国现有数量最多，种类最多，年代最早，土堡文化最丰富的地区，安良堡是其代表性建筑。

安良堡始建于明嘉靖十五年（公元 1536 年），至今已近 500 年历史，建堡的主人是东坂熊氏祖先熊坤生。清康熙大田知县侯执缥在《桃源行》诗中写道："桃源去县远百里，里曰聚贤何年始？我来阅历访仙踪，不见桃花见流水。芦舍荒凉断续间，土堡崩颓非昔比。山下瑶池迹尚留，峰头白云虚无里。"这首诗目前是安良堡最早见于文字的记载。

山风穿过，将午后的暑热吹薄，安良堡高大的院门被斜阳拉长了身形，萧索地罩在光晕里。思维越过悠长的午后，与苍凉的古意使有了刹那间的融合。穿过独木桥，踏上高高隆起的门前踏垛，沿双层台阶缓步而上，一座荒芜的土堡裸呈在你的面前。推开用双层硬木合制而成的厚厚的正门，迎面就是开阔大气的开间正堂，正堂当中设有太师壁神龛，由前堂经台阶可以通往后堂，正堂与后堂各有通道连接护厝。堡内木建筑由前后 2 座房屋构成，皆为歇山式屋顶，左右对称，布局平稳。围墙堡屋采用堡间吊柱的方式增大空间，左右各分 15 栋，包括前后两栋，共计 32 栋，从上而下像鱼鳞式地重叠排列，蔚为壮观。安良堡堡基宽大，墙基宽达 5 米，石基高 3 至 4 米不等，随山势逐级升高，底基厚达 4 米。夯墙时还用石灰、糯米汤做黏合剂，至今想把一枚大铁钉敲进墙体也要费九牛二虎之力。

安良堡作为防御性的建筑，不仅突出了防御功能，而且很好地处理了防震、通风、隔热、御寒、采光等日常居住问题。体现了卓越的建筑技术和深厚的文化积淀。我怀着忐忑而崇敬的心情，沿着土堡逼仄的通道自下而上地走了一圈。在浓缩的一寸寸光影里，破败的遗址里荒凉、沧桑和遁世的悠远，以及暴露在光阴里一望无垠的坦然，仿佛传递着远古的信息，给人有一份说不出的舒适和安宁。站在土堡的最高处，用眼角的余光轻轻摩挲视线里的一草一木，一砖一瓦，会让你触及灵魂深处的柔软和幽古的恬静，听任岁月悠悠，芳草斜阳。

同行的东坂村巫主任告诉我，熊氏家族每年农历三月初一都会在安良堡前的大坪上举办庙会，据说从安良堡建成至今，从未间断过。庙会上有各种节目，如民俗巡游、过火砖、过炭山、戏剧表演、百家宴、祭神、祈福、法事等等，吸引了全村及周边近千人参加。特别是"百家宴"是安良堡特有的庙会民俗，宴席设在竹林里，又称为竹林庙会。饭菜都是村民自己煮好，挑到山上来的，桌子也是自己带，没有椅子。大家拿着碗，挨个桌子吃，食物都是自家种的芋头、淮山、蔬菜，还有米粿、糯米饭、炒粉、粽子等等。据说谁家的东西被吃得多，今年带给这家的好运也越多。因此主人热情招呼的喊声，食客的欢笑声响彻竹林。可惜我们已错过了今年的庙会，只待明年了。

东坂的风土、人情、古迹犹如一颗颗遗留的珍珠，被时光打磨的温润而灵动。它不仅承载着沧桑与历史的记忆，还透露出畲族地域文化的神秘气息，给人以情感的回归与心灵的慰藉。今天，面对这一切，无论感觉如何，都会有一种很直接的力量，将菡萏成花的荏苒岁月，怀揣成一种期盼。巫主任告诉我，东板村正抓住少数民族特色村和美丽乡村建设的有利契机，打造一系列的特色景观景点，建设一批种植基地，吸引一批年轻人返乡创业，全面发展乡村文化旅游等产业……

夕阳给古堡、古杉、古厝涂上了一层耀眼的金色，一切都在余晖里闪着金光。此时的东坂，沉浸在一片盛世的烟岚里，氤氲在一片祥和的时光中……

碧云深隐隐仙家

我向来喜欢寄情山水，对于名山大川，还真能说出个子丑寅卯来，泰山的雄伟、黄山的秀丽、华山的险峻、峨眉的壮观、匡庐的烟云，也常常萦绕于梦。但集诸多名山风景于一体的"八闽道教第一山"郭岩山，却一直无缘一睹芳颜。

戊戌暮春，赴顺昌采风。郭岩山的主峰就在顺昌县境，海拔1383.7米，是顺昌第一高峰。机不可失，约友人一道驱车五十公里，来到岚下乡，当地的向导建议我们从一条崎岖但景致最美的山道登山。

时辰尚早，白纱般的晨雾在林中飘浮，晨光透过掩映的密林洒下来，石阶上树影斑然，壑谷里岩石堆垒，远处不时传来淙淙的水声和啾啾的鸟鸣。山坡上一丛丛的榛子树和板栗树挂满了白色、黄色的花球，弥漫着馥郁浓香，让人心醉神迷。

据清康熙三十八年（公元 1693 年）版《建宁府志》记载：郭洞阳为人刚直，不满朝政，于秦始皇二年（公元前 245 年）抛官弃家，隐居郭岩，修炼成仙……郭洞阳原名郭云，后人为纪念他，又称郭岩山为郭云山。其实，郭岩山也是汉灵帝光和九年（公元 178 年）戊年授仙时，以郭洞阳姓氏命名的。自秦汉以来，郭岩山一直为仙家修道养身的圣地，曾与蓬莱仙岛、昆仑瑶池、北岳恒山齐名。

道教是起源于中国本土的宗教，在教义上与佛教和其他宗教的主要不同之处，就是突出地表现在"贵生"上。佛教认为，人生在世罪孽深重，应当深深地忏悔和苦苦地修炼，以求得来世成佛，往生西方极乐世界。而道教却追求现世之乐，以今世修道成仙为理想境界。养生的要旨，在于清静、无为。这就应该排除尘世俗务，正心诚意。养生的许多方法，诸如炼丹、守一、行气、服食等，也必须排除俗务。因而修炼者大都隐居于深山老林之中，结草为庐，采果为食，亲近自然，融入自然，体悟与道合一的境界。我国许多美好的自然环境，正是道家修炼的最理想的地方，从而形成了道教的三山、五岳、十大洞天、三十六小洞天、七十二福地、三十六靖庐、四十四治等等诸多的道教仙山。

行之不远，石阶便掩盖在腐叶和草丛中，山路陡然挺拔起来，蜿蜒着崎岖而上。手脚并用，踩着长满青苔的岩石，抓着晃悠悠的枯藤，吃力地攀爬，越往上爬，山路越陡。喘息急促，汗流浃背，两腿酸疼，肉身沉重，爬几步就要停下喘口气。向导见状，砍下一根树枝让我撑着，果然轻松不少。

郭岩山享有"武夷第二"之美誉，天造地设的象形景观俯仰皆是。千姿百态的岩峰，如巨型的山水盆景在我眼前次第展开，或雄踞如兽，或矗立如柱，或拔地如笋，或伸展如旗，令人望峰生义，浮想联翩，不由发出此景只应天上有，人间难得几回寻的惊叹来。有石似猴王献宝，手捧宝物，憨态可掬；有石似神龟探海，出神入化，惟妙惟肖；有石似老道拜月，道髻高挽，遥对苍穹；还有"马蹄石""仙人迹""虎探井""仙人观画""仙人叠糍""仙人种豆""仙人弈棋""老鹞捉鸽"等等，无不形神兼备、自然天成。

郭岩山的瀑布大大小小达百余条，遍布方圆百余平方公里。有的珠群撒落，仙女散花；有的兔走鹰飞，蛟龙出洞；有的断弦离柱，闪电过隙。瀑布下潭潭相连，一潭高过一潭，潭成瀑的诗眼，瀑成潭的信使。潭水顺着石壁款款而下，象恋人用纤纤手指弹奏着优美的相思曲。在清风的吹拂下，瀑布溅起无数细细的水花，阳光透过飘逸的水帘，显现出七彩的光圈，如在童话般的世界里奏起的梦幻之曲。

我是喜欢"拈花惹草"的人，每到一处，都会和这里的花草树木来一次亲密的接触。郭岩山不仅有神奇的景观，更有神圣的生命。环顾四野，绿浪翻滚，植被茂密，很多稀有的植物落户其间，其中最珍贵的要数天女花，它是郭岩山群芳之冠，花瓣洁白如美玉，花蕊赤红，香气馥郁，经久不散。而数量最多的花非杜鹃莫属，有云锦、鹿角、映山红等，但最常见的还是鹿角杜鹃，漫不经心地开得满山遍野。据传，武则天曾派十八道士奉旨来到郭岩山为女皇炼丹，取长生不老药，人称"郭岩十八面，面面皆有宝，遍地黄连与甘草。"

最神奇的是两棵破岩而出的百年紫薇，从它们的造型看出是"夫妻树"，它们承受着岩石的挤压和风雨的磨砺，相互支撑，从不屈服，一寸一寸顽强地扩展自己的生存空间，长成参天大树。这种精神让我油然而生一种敬意，这一大一小、一高一低的两棵紫薇百年来经风历雨，不离不弃，痴情守望，它们展示着怎样悲壮的爱情故事？我想，在时间长河里，人仅是一粒沙砾，无论曾经多么风光无限，终将被历史的洪流冲刷殆尽。生命中固然有许许多多值得守望的情感，一旦这守望要历经风雨的恒久磨炼，又有几人能安然坚守？而它们以一种永恒的姿态守望，我又岂能忽视这诗意的存在而无动于衷？

郭岩山还有许多脍炙人口的传说故事，如神奇的"金鸡洞"，半夜金鸡啼，千晨皆闻声。"通天大圣与海清道士斗法"，把大圣的猴屁股变成了不毛之地。"白衣秀士点化学子"，赶考的学子如幸遇郭岩山的神秘秀士，经点化当年定能榜上有名。等等神奇的传说故事，更是增添了郭岩山的灵气。

快到山顶时，山中平缓了许多，漫山的翠竹映入眼帘，向导说这叫观音竹，竹干不大，只有成人拇指般粗，竹也不高，2 米左右，竹林中无任何杂树，山风吹来，竹叶沙沙作响，似乎是鼓掌欢迎我们的到来。

春日的竹林更像农家的节日，热闹喜庆。此时的老竹、新竹姿态各不相同。老竹像慈祥的父辈爱抚幼竹，虽然经历了岁月的风霜雪雨，依然精神抖擞，笑容可掬，腰板硬朗；新竹如围绕在长辈足膝间的子子孙孙，与祖父辈们亲亲热热，沐浴春光，茁壮成长。倘若你静心倾听，一阵阵春笋拔节的声响会钻入你的耳窝。

走了半个多时辰，才走出竹林，估计这片竹林有几百亩之多。不远处就是山门，一座杏黄色的牌坊建筑，门上的对联已模糊不清。由牌坊门上行，进入一块非常开阔的地带，这就是郭岩山顶，整个布局是"八瓣莲状"，"莲心"上原来建有青云寺，传说青云寺为郭洞阳所建。当年建寺时，由于缺少木材，一日，郭洞阳云游至闽江福州的三山码头。召唤木材老板，说明来意，老板听了大为惊奇，嬉笑曰："郭岩山离此千里之遥，你若能将木材运到郭岩山建寺，可分文不取，要多少给多少。"只见郭洞阳走到江边，用手中拐杖点化江中木排，顷刻间所点数十连木排均沉入江底，而后一根根从郭岩山炼丹井中不断涌出。山上匠人喜不自胜，当即打捞清点，见木材已足，即大呼曰："足矣"。立见一根木材刚冒出二尺许，便戛然而止。我们走到炼丹井中往下一望，果然有一截直径达三十厘米的木头冒出水面二尺许，上面布满青苔和杂草。据说这根木头沉不下也拔不出，千年而不朽。

唐太宗贞观十七年（公元645年）李世明拨库银四万两重修青云寺，改名为妙应寺。我们在草丛中看到直径达1.1米的巨石柱础和大量的石柱以及"妙应"残碑，可以想见当年"妙应寺"的规模是多么壮观。《郭岩春秋》载，宋代理学家朱熹曾为妙应寺题诗："名魁上郡无从景，秀夺西瓯第一山"的压轴名句。

北侧的"莲瓣"上，建有石庙，始建于汉代，初崇祀道家鼻祖老子，宋以来佛道共祀，祭祀齐天大圣。佛、道、地方神仙和谐共存，诠释了郭岩山的博大宽容。走进石窟，一股清凉的气息扑面而来，拱形石顶上，布满了灰白色的苔斑，上面隐隐约约有不少的题刻，香火忽明忽暗，越发增添了石窟的清幽和神秘。

东侧的"莲瓣"上建有"三仙殿"，暗红色的墙上一幅黑底白字的对联"静处参玄妙，自然悟大道"，字不是很大，但非常醒目。殿里供奉着郭、岐、梅三仙，也称"妙应三真君"。郭就是指郭洞阳、岐就是岐公，而梅就是梅福。据说汉成帝永始四年（公元前 13 年）南昌尉梅福，因反对突氏外戚专权，辞官隐居在建州南山，见郭岩有紫气，便离开南山到郭岩山修炼。汉灵帝时（公元 168 年），道士岐公，原隐武夷山修炼，一日登武夷山玉女峰，南望郭岩山有仙气，遂不恋玉女风姿，前来郭岩山修炼。其弟子多次来郭岩山恳求岐公回武夷主持，岐终不肯离去，他将郭岩山上的茶苗赠给弟子带回武夷山，说，你们想念为师，就看看茶树，你们种植茶苗就是为师在布道。如今武夷山的大红袍及各种名枞，都是郭岩山茶树繁殖的。

这时，从殿里走出一位年过八旬的道姑，道姑姓谢，除了耳朵有些背，她的目光清亮，面相慈祥，说话和善，道冠下银丝夹着黑发，就像一位邻家老娭毑。与她握手，手掌温热，问她是否有内家功夫，她摇摇头，只说平时练道家养生吐纳之术。我说像您老人家这样的身体，活个 120 岁都没问题，到时也会像郭、岐、梅三仙一样飞升成仙，她高兴得合不拢嘴，连声说："那就太好了，那就太好了!"。

道姑引导我们进入茶室，只见棕色的长方形茶桌上，一套景德镇的青花茶具十分醒目。道家与茶有着难舍难分的情结，道者修道注重道法自然，天人合一，注重尊生、贵生、忘坐、无己，表现在品茶时乐与自然亲近，在思想情感上能与自然交流，在人格上能与自然相比拟，并通过茶的实践去体悟自然的规律。只见道姑从青花茶罐里抓起一把粗茶，放入青花提梁壶中，冲进沸水盖好，在我们面前分别摆上青花盏。道姑说这茶叶就是郭岩山的老枞茶，这些茶树散落在郭岩山各处，有上千棵，不少茶树树龄有几百年了。郭岩山岩层厚，野兰花多，加上老枞与苔藓共生，就会有青苔味。所以郭岩山野生老枞最明显的口感特征就是苔味重，岩韵足，有木质感，兰香浓。这种茶叶泡出来的茶水稠润度好、顺滑久泡，二十泡了还是清甜甘爽、回味无穷。

道姑把泡好的茶分别倒进青花盏中，一股兰香沁入心脾，端起咖啡色的茶水一品，顿感"滋味舌头回，两腋清风起"。老枞的百年沧桑孕育出极深的内涵。曾经以"卢仝七碗茶"名传茶史的道士卢仝认为，不必炼什么九转金丹，也不必读什么道家经典，只要以喜悦的心喝茶，就能体会道家修行的真意，也能得到长生。

辞别道姑，我们来到香台顶，站在山巅，清风徐徐，万山拥戴，片片云雾从大山怀抱袅袅飘起，形成一条条彩绸云带，绕着山腰，冲着山弯，争先恐后地朝前涌去。云带连成云河，云河汇入云海，茫茫无际。峰峦的墨绿与云海的亮白构成明显的反差，犹如一幅巨大的水彩画，这是多么美妙的镜像。"紫云铺四海，郭岩收千山。"这里山势雄伟，高峻挺拔，千峰耸立，峭壁千仞，冈峦成脉，巍峨秀美。这里春日万树峥嵘，山花烂漫；入夏奇竹苍翠，林木葱茏；秋临层林尽染，披金挂霞；冬至白雪皑皑，冰树银花。这里就是通达上天的福地洞天。

老子说，人法地，地法天，天法道，道法自然。按我的理解，夫道者，本来就存于天地自然而会于人心，如果人心之所不逮，纵见于前而浑然不觉。夫山之树勃勃生机者，如道之生机于天地；夫道之岩飘飘幻化者，如道之幻化于万物。人们在世事的纷扰中偷闲片刻，静坐于庙宇宫殿，物我两忘，聆听晨钟暮鼓，心境澄明，是否真能参透道法自然的玄机呢？不管参透与否，要识得此山真面目，就必须潇洒走一回。

郭岩山正依托得天独厚的人文景观、自然景观、历史景观及红色资源，围绕着"福建最大的户外露营基地""户外写生基地"及"悠乐夏墩"为建设主体进行有序开发。到时，这历史上许多贤达名流、儒释道云集的修炼圣地，将再现往昔的盛况。

我回眸远眺高高的郭岩山，回味着那不染尘世风霜的美妙，我想，若是能长驻此山间，哪怕变成一块石头我也愿意，试问还有什么比山人合一、物我相融更快乐的事情呢？

藏在梅列心中的古庙

雾纱轻轻笼罩着前方的沙溪河，似凝固一般，没有飘逸的感觉。夕阳依然是金色的，周围悬浮着几朵灰色的云彩，阳光并不刺眼而是恰到好处。闹市短暂的静谧驮着岁月的星辰，重叠着历史的背景，把一个历经千年风雨洗练的古庙送到了我的眼前。

原谅我无法用语言形容此时此刻庄重的神情，只是感觉内心被一种无形的力量所牵引，无比虔诚地走向正顺庙。

来到正顺庙的山门，市区中心无山却也必有山门。首先映入眼帘的是门柱上黑底金字的对联"旭日一轮梅列城头腾紫气，春风万里鲤园水上化青云。"整个山门形似牌楼，面阔五间，为单檐悬山顶，飞檐翘角，柱赤瓦黛。中心间顶部设有藻井，内雕"八龙戏水"，四个角替上雕有手持各式乐器的飞天仙女。檐下有块额枋，上书"鲤园"二字，因列西形似鲤鱼，正顺庙正处鱼首处，故称之为鲤园，而列西的百姓更习惯叫"大庙"。

一进山门，沿青石铺就的台阶逐级而下，便是宫庙前月台坪。月台坪地面靠庙处是用青条石铺砌，靠河畔是草地，河岸环以大理石栏杆，坪上一前一后两棵百年樟树和榕树遮天蔽日，郁郁葱葱，生机益然。周围遍植迎春、广玉兰、扶桑、丁香、桂花等，姹紫嫣红，馨香袭人。伫立坪前，可远眺麒麟山景，近阅渔舟唱晚。

抬眼望去，正顺庙建在高台基上，庙门檐下立着书有"正顺庙"三个苍劲有力大字的古牌匾。宫庙始建于南宋绍定六年（公元1233年），至今已有近八百年的历史，是目前三明市现存古建筑始建年代最早，保存最好的一座木构建筑。始建以来，元、明、清、民国都对其进行过修葺，使其既保留了宋朝建筑的风格，又溶入了后来各朝代的元素，对研究南方古建筑发展过程和建筑技术史，留下了不可替代的实物，俨然是一座建筑艺术的殿堂。

主殿利用坡地，由低向高，错落有致，左右匀称，占地面积近600平方米。宫庙的中轴线，依次为门屋、天井、两侧半开放式廊庑、正殿等，整个布局犹如北方的四合院，为封闭式宫庙。踏上九级石砌台阶，便步入门屋，门屋的建筑结构为单檐歇山式，梁架按宋代通行的六架椽屋分心用三柱式建筑法。面阔五间，进深两层，第一层东西两间各立一匹木雕神马，通体雪白，这让我联想到西游记中的白龙马，不知正顺庙的神马是否也有过此般机缘。第二层中心间中央供奉"递符"神像，两边分别是"神荼"和"郁垒"。顶上设有藻井，井中饰有一条蛟龙，正伸头四下探望。藻井内原有八仙雕像，各立在旁，现已不知去向。西梢间神龛供养着"土地爷"，东梢间供的是"韩信将军"。坊上的花墩角替是镂空雕刻而成的木件，形态各异，有"双龙戏珠""凤穿牡丹""丹鹿御芝""喜鹊闹枝""鼠窃葡萄""出水芙蓉"等等，寓意都十分吉祥。

轻轻推开棂花隔扇门，便是正顺庙的正殿，悬山顶，面阔七开间，进深五开间。两侧是廊庑，廊庑角替上刻有"琴""棋""书""画"和"令箭令旗""剑与戟"，意为"文韬武略""文武双全"。曲坊上的"牡丹""荷花""菊花""梅花"代表着春、夏、秋、冬，意为四季平安。

中间的天井中里一条青砖砌起的过道，直通正殿。正殿高出天井6米多，四根巨大的经柱立在素面覆盆式的柱础石上，明显地保留了宋代的建筑特征。"光昭至大""混元主宰"两块清代牌匾分别挂在左右两次间上方。由于已是傍晚，殿内略显晦暗，我小心翼翼地爬上正殿大厅，大厅的古地砖方砖斜缝漫地，前面中间铺设一块"分心石"。整个正殿雕梁画栋，角替等建筑构件上雕刻着花卉、卷草及宗教人物。最有特色的是丁头拱及抬梁上的蜀柱了，它被雕成人鬼兽面，似龙非龙，似猴非猴，头顶莲瓣，牙咬抬梁，狰狞的面目给宫庙增添了阴森、肃穆之感，寓意瑞兽保佑，驱恶辟邪。这些精雕细刻的图案，造型生动自然，栩栩如生，突显了代表中国传统文化中的吉祥元素。从这一幅幅、一件件精美设计的图案和精巧的雕刻艺术中，我们可以窥探到古代工匠们向世人呈现艺术精品的高超技巧和浪漫情怀。

正殿东梢奉祀十二位夫人像，西梢是罗成祖神位，这位就是当年舍基建庙之人。正中须弥座上敞轿高坐的就是"日月盈光大帝广惠将军显列尊王"——谢祐，正顺庙就是为他而建。站在"精诚报国泥塑人生山河气壮三明浩"谢祐坐像前，我深切感受到了"大帝"的威严，感受到了"正顺佑民皇封神庙日月盈光千古昭"的霸气。而我在他的深邃目光里，似乎读出了他"泥塑人生怀大志"的自负，读出了他"道通仙境上清霄"的豪情。

余晖洒进幽深的宫庙，在青砖雕梁间，斑斑驳驳地晃动跳跃着。我仿佛是在瞬息万变的岁月缝隙中穿行一般与谢祐相遇，聆听他亦真亦幻、护国佑民的动人传奇。

谢祐（公元1064♯1087年），也就是北宋英宗到哲宗年间。原居三明市白水村（今三元区中村乡），后迁居历西（今梅列区列西）。少年时期的谢祐就表现不凡，他用泥土塑两尊泥人供奉在家里的案桌上，一尊泥人是著名文学家、抗金民族英雄文天祥在《正气歌》中写的"为张睢阳齿"的张巡，谢祐崇拜这位唐开元年间的进士，为抗击叛军，率领濉阳军民，在内无粮草，外无援兵的情况下，守城抗敌，宁死不屈，视死如归的民族气节；另一尊泥人就是谢祐他自己，他激励自己要学张巡，为国为民，鞠躬尽瘁。

据《正顺庙碑记》载，谢祐"少年游剑浦（今福建南平），谒南平第一状元黄裳。谢祐拜黄裳为师。"黄裳乃宋神宗钦点的状元，谢祐师从黄裳，自然获益匪浅。由于谢祐的勤奋刻苦、敏而好学以及少怀壮志、精忠报国，深得黄裳的赏识。元丰五年（公元1083年），谢祐承受黄裳守泉南（今泉州、南安）三年，为泉南地方的安定和经济发展做了不少好事。元丰八年（公元1086年），谢祐因政绩卓著，被朝廷遣迁建州（今建瓯）任职。相传，他在去建州上任途中经水晶洞时，被一巨蟒甩昏，千钧一发之际，被一鹤发童颜、仙风道骨的老人所救，老人留他在水晶洞住了三日，并传授给他金符玉册，并嘱他到建州后拜萨真人为师，修行学道。元祐二年（公元1087年），谢祐功成羽化成仙。从此民间就流传着许多谢祐护国庇民的故事，这些故事中既有谢祐生前的事迹传说，如"谢祐摘茄""谢祐插秧""谢祐捏鸭""谷仓放蜂"等等好事、善事、实事，更多的是谢祐羽化后显灵的故事传说：当年杨八妹率军征战路过三明，人饥马渴，谢祐显灵慰劳杨家将官兵，提一壶茶让全体将士喝个够，煮一锅粥给全军将士吃个饱，拔一拔草茄子成堆，牵一根藤南瓜成串。有了神助，杨八妹一路过关斩将，顺利征服南夷，立下战功。有一次，一伙土匪到列西抢劫，谢祐变成一位白发苍苍的慈祥老人到村道上设宴接待土匪，当他们酒足饭饱之后，才发觉中了毒，这伙罪大恶极的土匪就这样毙了命。另一个传说是有一年，沙县、三元、大溪等地发生严重虫灾，谢祐显灵作法，一时树鸦水鹭飞鸣，奋勇状若雄兵，田间地头隐隐可闻金鼓之声，帮助乡民灭了害虫。这些传说和灵迹，进一步神化了谢祐，表达了人们对谢祐这由人变成的神的崇敬之情。

宋代宗教政策宽松，尊儒崇道，宋徽宗就自号"教主道君皇帝"，全国上下都崇拜先贤，推荐塑造英雄贤德。谢祐虽出身平凡，但他忠君爱国、忠孝仁义、勤奋好学、勤劳勇敢、拥军戡乱、护境保家、卫民庇民等等的品德完全具备了被祭祀的条件。于是在谢祐羽化52年后的南宋高宗绍兴九年（公元1139年），乡民上书丞相李纲，请求其将谢祐的灵迹申表朝廷，而李纲曾被贬沙县，对谢祐的事迹有所耳闻。于是高宗皇帝准奏，诰封"广惠将军显列尊王"。谢祐从凡人变成圣人、将军、尊王，享四方之祀。又过了50年即宋孝宗淳熙十六年（公元1189年），朝廷再赐建"庙"，额名"正顺"。按唐宋礼制，对祖先和先贤建"祠"以示纪念，以昭德报功，不忘本始，慎终追远。建"庙"则是表示供奉者为神明，由"祠"向"庙"转化则表示人转化为神。从此谢祐由人变成了神，供人顶礼膜拜，祈福攘灾。又过了135年，即南宋度宗咸淳十年（公元1274年），南宋名相文天祥护驾南行路经清流，了解到了谢祐的品德灵迹，被谢祐德行所感动，又奏请敕封，赐予"枪、刀"，并加封"日月盈光大帝配祀金氏慈惠夫人"。至此，谢祐成为万民共仰，日月同辉的日月盈光大帝。

乡民崇敬谢祐，把他当作地方的保护神供奉，自建"正顺庙"后，逢年过节必焚香朝拜，每年还举办迎神活动。从清雍正年间（公元1723年）开始每年农历七月十五为迎神日，1921年改为每年农历正有二十日。这一天，人们簇拥着谢祐的神像，从正顺庙出发开始迎神绕境巡安，按户焚香，大街小巷张灯结彩。一路上，人们成群结队，载歌载舞，锣鼓声、鞭炮声动地喧天，不绝于耳，热闹非凡。四邻八乡的乡民扶老携幼前来观赏，并唱戏助兴，真可谓是"一夜鱼龙舞"。

至今，列西除了正月二十的祭祀庆典和绕境巡安活动，还保留着一个古老的习俗，每当新龙舟下水，或者是每年端午节龙舟被抬下水后，必须齐聚正顺庙前的河面上，龙舟头朝向宫庙，水手们举浆朝拜，其中一位水手恭恭敬敬地用双手将写有坊名的一面朝向正顺庙，并用浆柄在船沿上轻敲三下，这时鼓手将香烛抛向河里，燃放鞭炮，敲响龙船鼓，水手们齐唱龙船歌："龙船两面黄，划在大庙请尊王，请得尊王嘻嘻笑，划船郎子保安康。"此仪式叫谢"尊王"。待农历十三日龙船抬上岸前，要举行同样的仪式，叫作"谢尊王"。

古老的正顺庙，现在已是全国重点文物保护单位。她是梅列一颗璀璨的明珠，不仅是梅列历史艺术的宝库，更是梅列人民乞求国泰民安、追求美好生活的象征。正顺庙也伴随着谢氏子孙播衍各地，在沙县、永安、尤溪、顺昌、将乐、漳平、德化等地均建起了规模不等的"正顺庙"，香火长盛不衰。

燃一炷清香，不为其他，只为感激谢祐尊王的庇护之恩。在神明脚下，忽然觉得自身的渺小，而那装在心间的红尘琐事，更如香炉一侧的细小尘埃。这么想着，心境也跟着豁然开朗起来。我想人们之所以如此虔诚的膜拜，这便是信仰的力量。

我不信神仙，也不信上帝，但我相信生活有它自身的本源和规律，不能违逆，只可正之顺之，这也是信仰！

走出正顺庙时太阳已落山，点点余晖洒在麒麟山的宝塔上，辉映出绚丽的色彩。沙溪河如此的平静，一如我的心境般清澈透明，那河流的转弯处，一簇竹子生长着，它也是吧，跟我一样，是伫立彼岸的守望者！

28

陈普，夹在宋元之间的大儒

石堂，顾名思义就是石头的厅堂，它以环抱四周造型别样的山形而被命名，而独特的环境又孕育了"石堂八景"——文峰卓笔、笑天狮子、石屋朝天、翠屏霁雪、蛟潭映月、双柱擎天、棋盘仙迹、蓬莱飞峰等，这个千年古村被深藏在海拔 700 多米的虎贝乡的群山峰峦之中。

亲近石堂古村，那是一个早春三月的午后，为了追寻一个人的足迹。古村的宁静在我们纷纷杂杂的脚步声中惊醒，或许真的是年岁大的缘故，村子里的房舍瓦片都已被岁月风蚀，没有了昔日的光华，踏着青石铺就的巷道，穿梭于曲径通幽的小巷时，一种前所未有的亲切感嫣然涌上心头，当我用怯生生的眼光与眼前这个千年的古村相对时，那斑驳的岁月，穿过时空的隧道，游游离离，却依然从这一脸沧桑的背后，读到了遮掩不住的曾经的丰腴和婉约。

每一座古村，都有一段属于自己的历史，而石堂因了陈普（字尚德，号惧斋，又称"石堂先生"）而闻名于世，这位宋末元初的著名天文学家、理学家、教育家、诗人就出生于此。相传公元 1244 年，陈氏夫人 30 岁这一年，身怀六甲，夫妻二人面对文峰山，每日烧香磕头，发誓许愿。这一天，陈普的母亲像往常一样，干完活中午歇息，不一会就蒙眬入睡，只听到鸟鸣阵阵，优美动听，抬头只见百余只鹧鸪绕着房屋四周飞翔盘旋，连叫数声后，向文峰山飞去，惊得她连忙坐起，只觉得腹痛难忍，不多时一个新的生命诞生了，他就是陈普。由于家贫，陈普幼年时励志发奋苦读，他勤奋好学，聪明过人，五岁那年随父亲到田间劳作，见白鹭群飞过，兴奋地喊道："我在这边坐，尔在那边歇，青天无片云，飞下数点雪。"老师听说后，称赞不已，愈发喜爱这位学生，倾其所学教之。

石堂村村口的青溪上横卧着一座青石黑瓦的廊桥，已历经800多年的风风雨雨，这座普通的石桥，因朱熹和陈普的"千古唱和"而声名远扬。据桥头石碑文字记载，宋淳熙年间，朱熹在闽东北一带讲学，一日他路过石堂，见此地山清水秀，宛若世外桃源，顿觉心旷神怡，他来到青溪边找了个泉眼饮水，惊奇地发现泉水中竟然有淡淡的墨香，随后他缓步登上这座正在修建的廊桥，环顾四周称道：此地必有贤人者出！说着用墨笔在木匠刚刨好的梁上工整地写下了"紫阳诗谶石堂名彰千古"以预言。字深深地嵌入了木梁中，木匠欲去之，却越刨越深，大惊，疑是文曲星下凡。此廊桥因此又多了一个名字，叫"沉字桥"。数十年后，十二岁的陈普与书友同游沉字桥，此时他已通晓四书五经，见桥亭横梁上朱熹题写的上联，却找不到下联，一时兴起，把神桌移过来爬了上去，他低头思索片刻，便挥毫题对："玄帝位尊金厥寿永万年。"笔力遒劲，对仗工整。此后，陈普还为沉字桥写下一诗："一泓清水浸冰壶，水国涓涓月上初。影落寒潭清澈底，玉龙借戏夜明珠。"表达了对家乡廊桥的喜爱之情。

当时的苏州大儒韩翼甫在浙东的崇德书院授课，听闻陈谱的学识，非常兴奋，托人捎去书信。韩翼甫是河北赵州人，辅广的学生，而辅广则是朱熹的门生。韩翼甫与陈普书信往来，探讨学问，嘘寒问暖，感情不断加深。一年后，十八岁的陈普便第一次离开石堂，前往崇德书院，跟随韩翼甫深造，从此陈普成为朱熹的三传弟子，他在《和清叟自勉》诗中表达了此时的心情："缉熙正学勿虚过，立志悠悠得几何。黄卷工夫当猛省，青春齿发莫蹉跎。笔头有焰由充养，镜面无尘在洗磨。六籍四书无释子，胸中治具看森罗。"在崇德书院，陈普表现出惊人的求知欲，一面熟读四书五经，一面深研朱子学说，并对朱子理学思想有了进一步的阐述，在《朱文公》一诗表达了对朱熹的崇拜："尝思紫阳翁，功德不下禹。平生五人伦，叔世一天柱。海岳久亭毓，二仪厚付与。高明挂秋月，精细破毫缕。举目无荀杨，浑身是伊吕。百年嗣程邵，千载承邹鲁。……但留四部书，万世开尧禹。深翠隔荒台，寥落招魂具。夜半读中庸，横空挟风雪。"陈普的刻苦好学，深得韩翼甫的器重，韩将自己的爱女玉蝉许配给他，并把他举荐到南宋京都杭州的集贤书院继续深造。

在京都的书院，陈普如鱼得水，苦读不辍，"诵四书如奏九韶，令人不知肉味。"他要求自己"不贵文辞，不急禄仕，惟真知实践，求之愧古之圣贤。"多年的刻苦磨砺，陈普不仅精通经史，还熟谙天文、地理、算数之学，精于阴阳玑衡之说。超群的学识，已让他名闻浙闽。

正当陈普徜徉学海，准备成就一番功名之时，宋咸淳七年（1271年），蒙古汗国遣兵南下，直抵南宋京城杭州。人生的逆境大约可分四种：一曰生活之苦，饥寒交迫；二曰心境之苦，怀才不遇；三曰事业受阻，功败垂成；四曰存亡之危，身处绝境。处逆境之心也分四种：一是心灰意冷，逆来顺受；二是怨天尤人，牢骚满腹；三是见心明志，直言疾呼；四是泰然处之，尽力有为。此时的陈普身处第三、四种逆境，而选择了后两种心态，他毅然携妻子离开杭州，回到阔别已久的石堂，以宋遗民自居，在家乡的仁峰寺创办了仁峰书院，且于书院中堂悬挂自书"志不仕元"横匾以明志，立志以教书育人为己任。他广招四方弟子，精心传授天文、地理、数学及朱熹理学，小小的山村书院每年都有数百人闻其学识宗风。陈普的治学师承翼甫传统，力倡朱熹正学，他告诫门生："性命、道德、五常、诚敬等字，在四书五经中如斗极列宿之在天，五岳四渎之在地，舍此无求，更学何事？"在教学上，他力倡理论联系实际，治经"不贵文辞，崇雅黜浮"，而"必真知实践，求无愧于古圣贤。"陈普在日常生活中始终保持勤俭的传统美德，以清贫为荣，不怠修身养性，不忘社会担当，在他的《大丈夫》诗中可窥其心迹："玉食珍馐不谓荣，箪瓢陋巷岂为贫。亭亭当当无偏倚，宇宙纲常任自身。"他开办的书院早上必有"三礼茶"，一壶茶水敬天地，放置天井之处；二壶茶水敬祖师神明，放置神位香案处；三壶茗先生饮备。以茶修身，以茶励志，以茶理智，传承朱熹清俭的生活风尚和廉素的道德风尚。陈普自己清贫节俭，却乐善好施，他的学生韩信同家境贫寒，无钱上学，每当陈普授课时，韩信同总是站在门外张望，口中念念有词。这一天陈普又看到韩信同站在门外，便让他进来，了解情况后，陈普出了道题考他："竹片穿笋父克子。"韩信同随口答出："稻秆缚秧娘抱儿。"陈普听罢大喜，免费收他入学。陈普看到村口的驿道旁缺井，便出资在沿途凿了数口八卦井，以方便行人渴饮。当时宁德城内火灾连年，邑民深受其害，他又独资在县城西门外凿建西湖，"直十二丈，横二十四丈，方圆七十二丈。""上建桥，旁置亭。"可防火患，亦可供眺玩，士民无不沾其惠。

在仁峰书院期间，陈普精心教学，培养了一大批精于理学奥义，又能深入社会实际求取真知灼见的学生，韩信同、杨琬、余载等还成为当时的理学名士。教学之余，他还博览群书，精研数理，反复钻研聚铜铸刻漏壶，经过三年无数次的试验，终于成功"应时升降，纤毫无爽"。当时福建布政司下令府城依此铸造，放在福州谯楼（即鼓楼）报时。刻漏是古时一种计时器，在钟表发明之前，中国每个城市都设有鼓楼，配备专职人员预报时辰。宋代以后，因安上陈普发明的刻漏，报时就更为准确了，以福州鼓楼的刻漏为例，一天的误差只在20秒之内，许多古籍中都记载了这一刻漏走时的精准。从宋咸淳年间经元朝到明末，使用了近 400 年，仍然保持很高的精确度，它代表了中国古代刻漏制作的最高水平，如果能保存到现在，一定是件极有价值的文物，可惜的是，在清初就已下落不明。陈普在天文方面还著有《浑天仪论》一书，此书共分三卷，上卷是对浑天仪和浑象原理的论述；中卷介绍浑天仪的制作步骤和设计，附总图四种，分图十三种；下卷则介绍水运仪象台的设计与装置，附总图十一种，分图二十种，这些图纸是东汉后自有水力运转的天文仪器以来都没有的详细资料，极为珍贵。该书所述"浑天仪"可作天文观察、天象演习和昼夜报时三种用途，被称为中国古代的"天文钟"。陈普发现和运用这个原理，比欧洲人罗伯特·胡克早了四个世纪，比方和悲早五个世纪，反映了中国宋代在数学计算、仪器制造等方面的卓越成就。据文峰村《村谱》记载：元朝至元二十八年（1291 年），忽必烈曾派人到石堂寻找《浑天仪论》，然而这部书已被陈普带到莆中去了，故莆中成为海滨邹鲁、文献名邦是有其渊源的。

南宋灭亡后，元世祖的谋士刘秉忠三次奏请授陈普为福建教授，这刘秉忠可是位旷世奇才，上知天文，下知地理，奇门、六壬无所不精，元朝的大都建设就是他作为总策划，陈普能得到刘秉忠的力荐，足以证明其学识。然而，陈普以陶渊明自励，三不赴诏，做《咏竹》诗以明志："一节复一节，千枝攒万叶，我自不开花，免撩蜂与蝶。"意在保持名节，不去钻营取宠。作为文人，他在捍卫着大宋，那个已经荡然无存的朝代毕竟是他心中的神圣所在，但他丝毫没有办法去阻止宋朝这座千疮百孔的大厦的崩塌。他断然不仕元，那么隐逸自然也就成了他最为明智的选择，然而隐逸不易，他担心被加上"冒犯朝廷"的罪名，只好带上家眷，游历于古田、屏南、政和一带的山区，他在《答友人》诗中写道："云作交游山作客，道心为主自安贫。柴门无钥见同物，竹帛有名终累人。绿水一潭澄静性，青山万叠裹人心。纷纷求拜马蹄下，不见胸中万斛尘。"时光流走了春花秋月，迎来了夏雨冬雪，陈普这一游就是十二年，虽风餐露宿，居无定所，仍"位卑未敢忘忧国"，长怀忧国忧民之念。待到风平浪静后，陈普又在政和兴办了德兴初庵书院，同时应建阳乡贤刘烁之聘，主讲云庄书院，为重建建阳"考亭"撰写《修考亭记》，并修编了朱熹门生黄干、杨复二家《丧礼》。五年后，他又来到福州鳌峰书院、长乐鳌峰书院任主讲。

元武德元年（1297年），已53岁的陈普被莆中贤士礼聘至勿轩庄书院授课。在莆中期间，他耳闻目睹过去重男轻女的陋俗而今有所改变，喜作《古田女》诗："女不尊桑柘，内外悉如男，遇合多自嫁，插花作牙侩，城市称雄霸……愚夫与庸夫，低头受凌跨。"类似的诗作还有《久旱得雨》《禁酒》《蚕妇辞》等等，文如其人，文如其心，当其隐游异乡之时，尚能心系百姓，关注民生，真是难能可贵了。

陈普居莆中达18年之久，元延祐二年（1315年），他颈部生了大痈肿，病中，他愈发思念阔别三十多年的故乡，在《答友人》诗中写道："莫笑我乡间，山乡不一般。海味虽难得，山肴任吾餐。寒来柴炭便，暑至井泉甘。人逢生乐处，何必问长安！"在《石堂》诗中写道："闻言惊喜是家山，曷蹇来兹遂一攀，何但名称偶相似，宛然天壁锁石关。"是年，一个秋雨淅沥的午夜，陈普走完了自己72年的人生之路，魂归故里，静静地躺在家乡四季轮回的青山绿水间。

陈普一生著作甚丰，计有《四书句解铃键》《学庸指要》《孟子纂图》《周易解》《尚书补微》《四书五经讲义》《浑天仪论》《咏史诗断》《字义》凡数百卷，大多散失。今可查者有《石堂先生遗集》二十二卷，《石堂先生遗稿》一卷，《武夷櫂歌》一卷，他的学生洪池，按照他的天文运筹法撰编的《春牛图》《趋吉避通书》对廿四节气的运算十分准确，对指导农业生产十分重要，一直成为珍传秘本。清雍正五年

（1727 年）朝廷钦天监往泉州府选贤，发现该书内容丰富，以钦定《继承堂通书》列入官书刊行。陈普的人品学识及重教精神得到后人的无限景仰，明宁德知县龚令颖祭陈普墓文："公本布衣，而名甚尊，死者何限，惟公永存。公之垂世，有德有言，斯文正脉，公得真门。我生虽后，幸官兹土。怀贤有自，式祭公墓。"明嘉靖十四年（1535 年），江西路巡按御史陈衷在《石堂先生遗集》序中对他做了较为全面的评价："石堂之学，实本辅氏，辅氏之学，出自考亭（朱熹）。真知实践，崇雅黜浮，自六经外，星历、堪舆、律算以及百家之书，靡所不究。后聘礼勿轩庄书院，而道行延建（福建）。目今莆中多贤，讲学造就，石堂殆为鼻祖。"同年，新任宁德知县叶稠，为纪念陈普，将石堂仁峰寺改建为先儒陈惧斋祠，并塑像祀之，在陈普塑像旁，立有陈普高足，名噪一时的宋先儒韩信同、余载、黄裳、杨琬牌位，他们永远陪伴恩师左右。清咸丰九年（1861 年），台澎总督黄礼鉁将军返乡省亲，再次来到陈普先生祠祭拜，并题句"大贤虎变愚不测，当年颇似寻常人"。这位从石堂走出去的将领也许从小就受到陈普理学的影响"人位三才之中，为天地之心。人道得则天道成地道平，亦犹心正而身修也"。从而走上一条科举入仕之途，在福建水师三十多年从水师提标、闽左营都司到台湾水师协副将、署理广东提督，平倭寇、守台海，浴血苦战屡建奇功，战死台湾后同治帝诰赠光禄大夫（正一品），振威将军（从一品）。陈普的文脉如山谷间一泓寒玉奔流不息。

当落日的余晖斜射在陈普祠堂的马头墙时，我意外发现祠堂的门柱边坐着一位老者，脸上透出的微笑与陈普塑像有些相似，我忍不住想问点什么，刚一张嘴，老者就摆摆手，面带歉意大声说：我耳朵聋，听不见。

金色的夕阳，为祠堂抹上了一层粉黛，看看老人，看看塑像，一时间我有一种被岁月淹没的感觉。

穿越时光的溪流

　　九龙江北溪犹如一条青色的筋脉，在华安的山川里弯弯曲曲，转折起伏，张翕搏动。一位诗人曾经写道："一条河流的悲欢，包括他全部灌溉过的悲欢，它必然知晓途经过血管的秘密，融化过枯萎血斑的绝望。"而我情愿去说："一条河流的悲欢，像极了一个纤夫，堆满看不见源头的辛酸往事，承受命运不停歇的鞭打，它停不下来，它不能，逆时间而流。"一如子昂诗云："念天地之悠悠，独怆然而涕下。"一样的酸甜苦辣。九龙江北溪是一条有故事的溪流。

　　据县志记载，九龙江北溪贯穿华安县全境，源出于延平、长汀合宁洋、龙岩、漳平众溪流，在湖林乡涵口流入华安县。于丰山镇碧溪村流出县境，下接龙海、厦门入海，蜿蜒境内达 107 公里，入出口天然落差达 100 米。

　　有河便会有桥，九龙江北溪可以说"一川清江水，两岸绿罗带"。为了让南来北往的百姓、商贾交通顺畅，礼尚往来，旧时在九龙江北溪共建造了六座古桥，都是些木拱和石拱的小桥，其中尤以云水溪桥最为有名，它建于距县城南方 4 公里的北溪支流，云水溪山口处。明代诗人郑复写了一篇《云水桥记》，记载了云水溪桥最初原始的简单木拱结构及两岸地形险峻的情形："昔者圣王疆理天下，度时而成，徒杠舆梁，以济不通，所以便民也。漳良村云水溪去县百里许，东距长泰，西逾漳平，南属府治，北抵安溪，商旅往来之要冲也。谷口渡处，两山对峙，崖壁峻峭，滩流奔激，舟楫难之。春夏浮涨，渡者多溺。秋冬寒沍，人益病之。旧梁圮坏，无有能修之者。"

35

据《龙溪县志》载："明嘉靖甲寅年（公元 1554 年）由黄宗继募建""陈天宝为之记"。碑记已毁，记载中间两墩离水面 10 米，前锋呈舰首状，桥心有亭，桥面阶梯状，两旁石栏，桓头有 10 面体或雕莲花，为园林式石拱桥。亭于 1956 年拆除。桥东尚有一石佛，系如来造像，与桥同期造，高 2.08 米，腰围 2 米，重 1.45 吨，右手垂直，左手平胸，捧一石珠。端庄慈祥，古朴厚重，雕刻精湛，出神入化。传说当年工匠师傅共雕刻了 3 尊，分置鼓山、南普陀和云水溪桥，另 2 尊已不知所踪。1985 年在古桥边上由信众集资建造了一座"平安寺"，将如来佛像供于寺内，香火从此兴旺。

春秋往复，雨雪风霜中矗立了几百年的云水溪桥，把生命溶进了家乡岁月，溶进了乡亲们的生活步履和希冀，它把自己的身躯和情怀献给了河流与土地的连接，牵手堑壑，贯通阡陌，打通两岸世界，肩上行车，腹下渡水，顶天立地，上下担当。桥身巨石上的车辙留下记忆与不舍，记录了承载与奉献，它始于平凡亦经历了平凡，最终又归于永久的平凡……

在云水溪桥东面的山谷中，矗立着一座端庄华美的南山宫，据说与云水溪桥有着千丝万缕的联系。南山宫是一座宫殿式古建筑，始建于南宋德祐元年（公元 1275 年）。重檐歇山顶，飞檐翘角，屋脊饰有二龙戏珠，两檐间斗拱密集，相互勾连交错，正中高悬蓝底金字"南山宫"匾额。宫殿不大，近百平方米，有回廊环绕，中间两檐柱大书藏头对联："南北昭扬何殊圣，山中灵气岂异大"，字体端庄大气。大门两侧两扇镂花圆窗，雕有亭台楼阁、武将高官、花草飞禽等，画面繁杂丰满，构图巧妙，方寸之地，涵盖众多。大门上彩绘的门神，精神抖擞，栩栩如生，令人心生敬畏。

步入宫内，只见天花板正中有一华美精致的圆锥形旋式藻井，有斗拱 99 个，上置八卦太极图，将古人高超、精湛的建筑技艺张扬到了极致。宫殿正中道坛主奉"七仙女"，被尊为"仙姑"，右侧配奉的"都统舍人"是南山宫首建者柯三及兄弟的化身，被尊为保护村舍平安的神祇。殿堂的屋顶、梁柱、四壁均有雕刻、彩绘、壁画等，古朴灵动、画工精湛、情趣盎然。南山宫还有镇宫之宝，那是两架雕工绝佳，金碧辉煌，典雅高贵，华丽无比的辇轿和13面蜈蚣旗，堪称民间艺术的瑰宝，只有在宫庙圣节时，才能一睹它们的风采。

相传黄氏一族于明宣德年间来到南山宫脚下的良村开基，落地生根，人丁兴旺，黄宗继感念好山好水的滋养和神祇的庇佑，慷慨解囊，于明正统六年（公元1441年），对南山宫进行了重建，使南山宫的规模和地貌更具神风仙气。黄宗继还为家乡建设了包括云水溪桥等路桥，扶助乡邻。明末，太傅陈天定为避敌难，流落南疆，在南山宫住过一段，留下不少佳话。良村的黄氏族谱有一首描写宫观地理奇妙的诗句："群峰叠翠拥道观，北枕西岳下南山。右傍凤凰笔架岭，左腾青龙碧玉楼。两垂角带胭脂美，中局伟岩万人参。百里回水如飘纱，清泉煮茶味自甘。"显然这山这水钟灵毓秀，神佑乡人……

南山宫所在的麒麟山脚下就是缥缈的九龙江北溪，这一段就是"九龙壁"发祥的源头，这里的河道险滩急流，蜿蜒曲折，礁石纵横，滩濑落差大，水流湍急。明代地理学家、旅行家和文学家徐霞客游记《闽游日记·后》记载了这段河道的险峻和水流的湍急而冲击出的奇形怪状的九龙壁的过程，它如是写道："遥望西数里外，滩石重叠，水势腾激……石皆累空间……其石大如百间屋，侧立溪南，溪北复有崩崖壅水。水既南避巨石，北激崩块，冲捣莫容，跃隙而下，下即升降悬绝，倒涌逆卷，崖之为倾，舟安得通也？"文中描绘的正是九龙壁玉石产地九龙江北溪的玉雕走廊。明清时，九龙壁就被誉为石宝，作为宫廷观赏收藏品进贡皇家。

镶嵌于青山绿水之中的九龙壁蕴含着天地灵气，日月精华，其自然美感和沧桑古朴感是其他玉石无法比拟的。它们质地坚硬，色泽斑斓，形态巧妙，纹理精美，并且会因河段的不同而颜色也随之变化多样，有的青翠如玉，有的红褐似霞，有的淡黄如金，有的粉白似雪。那一块块瑰丽、完美的天然玉石，从质色形纹意韵的各种形态去领略它的风采，简直就像遇到一座闪烁着万丈光芒的宝藏，目不暇接，美不胜收。

九龙江北溪特殊的地理地貌造就了中国十大国石之一的九龙壁。站在溪边，望着溪水上块块峭立的璧玉身姿，顿感"冷石沁肌，寒流流耳，心神为适"。这里的每一块玉石，都有属于自己的内涵，耀眼的光芒是天地沧桑的沉淀，是溪水经年累月的涤荡。人生，需要有何等的机遇和机缘，才会有此刻"有玉的缘分，有缘的遇见"。

沿九龙江九溪玉雕走廊而下，水流渐渐平缓，溪面渐渐开阔。此刻，我站在了溪边的新圩古渡口，一棵百年老榕遮天蔽目，华盖般罩住了整个渡口。几条无人的小木船，在清澈的水面上微微荡漾，有一种"野渡无人舟自横"的落寞。从立于渡口边文字栏的介绍中得知，该渡口始建于唐朝，已有一千多年的历史，徐霞客就是从此古渡口上下游览九龙江北溪。据《龙溪县志》记载，早在1300多年前，唐初的刘氏三兄弟开发九龙江北溪航道，就有排筏和航舶运输。宋元至明清，新圩古渡及九龙江沿岸各个分渡都十分繁荣，由上而下，运的是华安、龙岩的竹、木、炭、茶及山里的土特产，由下而上，运的是盐、青菜、糕点、海鲜。华安著名的东溪窑瓷器就是通过新圩的这个古渡口运至漳州月港，再经由月港送到世界各地的，古渡口也就成了海上丝绸之路的一个起点。因为有了新圩古渡，新圩村曾经风光无限，被誉为华安的"小香港"，当年溪上帆影点点，纤绳悠悠，百船齐发，热闹非凡。"长天一色渡中流，如雪芦花载满舟。江上丈人何处去，烟波依旧汉时秋。"古渡口沟通了大海与大山，连接了离情与别意。舟船满载着沉沉的生计，也满载着浓浓的乡愁。

20 世纪 90 年代，漳华沿江公路开通后，舟楫不再往来，货物不再云集，旅人不再停顿，古渡口渐渐地沉寂下来。溪中间的鲤鱼洲也平静温婉了许多，洲上的芦苇在微风中起伏，摇曳出道道的光亮。水中的野鸭一头扎进绿波中，在远远的地方浮起来，扇动着翅膀，击起阵阵的涟漪。这块因九龙江北溪环流冲击淤积而成的鲤鱼状沙洲，是北溪上最大的江心洲，有三百多亩。人们在芦苇荡里捡奇石，在河州上烤溪鱼，烤番薯，这里成了休闲的好去处。随着乡村游的兴起，古渡口再度进入人们的视野。九龙江北溪成就了新圩古渡，新圩古渡也增色了九龙江北溪。当我告别古渡口时，想起诗人席慕蓉的一句诗：渡口旁找不到一朵可以相送的花，就把祝福别在襟上吧。

九龙江北溪义无反顾地蜿蜒地向大海的方向奔流而去。在它的支流汰溪北岸的山体断崖上，散布着五组古怪苍老似字又有别于传说观念上的文字，似画又过于抽象变形的文化符号，流传着这是"天书""仙字"的说法，仙字潭亦由此得名。岸上立着一块黑色大理石石碑，正面书"第七批全国重点文物保护单位仙字潭摩崖石刻"。背面书："华安仙字潭摩崖石刻是新石器至商周时代古闽越族人民重要遗迹，石刻集中凿刻在汰溪北岸的崖壁上，1957 年调查发现 6 处 13 组 50 多个文化符号，其中一处为汉字题刻；2004 年又在原有石刻上游发现 2 处 5 组 10 个文化符号。石刻似字但有别于传统观念的文字，似画但又过于抽象变形，内容现仍无法确认，有待进一步考证。它是我国东南沿海史前石刻最重要的代表作。"

历史上最早试图对仙字潭石刻释读的是唐代文学家韩愈，据晚唐张读所著的《宣室志》载，唐元和五年（公元 810 年），韩愈释读为"诏还黑视之鲤鱼天公畀杀人牛壬癸神书急急"的 19 字，是为"天公责蛟螭"说。与韩愈同时代的李协也曾提出"漳泉两州，分地太平，万里不惑，千秋作程，南安龙溪，山高气清"的 24 字"地界说"。这些解读都让人不知所踪，正因为说不明白，千百年来才有了"仙"的神秘感，有诗云："汰溪滚滚入东海，淘尽英雄山仍在。且留奇字悬崖上，郑重后人映眼青。"

由温水溪、赤溪、西公溪各自与北溪交汇处，形成九龙江北溪长条形分布的河谷阶地；加上九龙江长期深切形成北溪两岸的低丘、河谷。两岸山岭耸峙，潭多水深。金山峡、龙潭峡素有"北溪小三峡"之称。也留下了不少先人的文化遗存，尤以丰山镇九龙潭峡的摩崖石刻最为突出，现存有石刻 8 处，左右两岸均刻有"九龙戏江处""潭影宜人心""江风山月""断石渔灯"等题刻，两岸石刻遥遥相对，形成相得益彰的人文景观。宋代诗人杨汝南在此留下《夜宿龙头》诗："江溪如箭路如梯，夜泊龙头烟霭迷。两角孤云天一握，晓光不觉玉绳低。"

蜿蜒的九龙江北溪仿佛舞动着指挥棒，那柔曼如提琴者，是草丛中淌过的小溪；那清脆如弹拨者，是石缝间漏下的滴泉；那厚重如贝斯轰响者，应为万道细流汇于空谷；那雄浑如铜管齐鸣者，应是激流直下陡壁，飞落于深潭。九龙江北溪汇集起沿岸的涓涓细流，汇集成一曲奇妙的交响乐，在这流水的交响之中，孕育了玉石文化、土楼文化、海丝文化、茶文化、民俗文化……，孕育了远古的燧层，神秘的仙字，灵动的九龙壁，古火山口，宋代皇族宗祠，东溪窑瓷，古圆土楼……

坐在九龙江北溪的岸边，望着被电站大坝拦截而成的平湖，碧绿的湖水像一块无瑕的翡翠，阳光洒在湖面上，波光粼粼；微风拂过，湖面上荡起层层碧波。几只小鸟掠过湖面，冲进岸边的芦苇丛中，惊起芦花翩翩若雪。湖的两岸青山对峙，郁郁葱葱的树林、竹林倒影在湖中，浮动起一层绿色的轻纱。不知不觉间，四周聚拢起层层雾气，我突然发现，山山水水已经融为一体。

峰峦叠嶂，碧水如镜，青山浮水，奇石卧波，林竹如烟，花草如织，九龙江北溪犹如百里画廊。

春日茗茶香

看过不少茶山，品过不少茶汤，然而，福建省炎黄文化研究会和福建省作协组织的这次采风，让我经历了采茶、品茶、听茶、知茶的过程，对茶有了豁然开朗的感觉，至今难忘。

那天，为采写将乐县"平安家庭"建设的报告文学，我来到金溪河畔的高唐镇常口村。刚到村口，就被整洁的房屋，宽敞的村道，典雅的村心公园所吸引，好一个美丽村庄。村党支部张书记告诉我，村民们都上山采茶去了，要采访只能去茶山了！

我穿上雨衣，背上茶筐，随张书记向茶山进发。远远望去一条条的茶带随着山势而蜿蜒，一条有一条的风景，一带有一带的韵味，似层层梯田，像条条玉带，"二月山家谷雨天，半坡芳茗露华鲜。"这绝美的诗句恰到好处地应和了眼前的景致，而霏霏细雨和绵绵轻雾又为茶山平添了几分妩媚和灵秀，正是这缠绵的雨雾滋养了这高山云雾好茶。

张书记说："清明前后，是绿茶采收的黄金时节，这半个月的茶谓之明前茶，毫不夸张地说，是一天一个味，一天一个价。"因此，尽管下着雨，但采茶的节奏却跟流转的光阴一样丝毫没有放慢。

茶山上，采茶人随意地分布在茶带间，没有整齐的队形，没有人为的组合，但看似随意，却又是那样的和谐自然。在那层层叠叠的曲线间，身着各色衣衫的采茶人似天女散花一般，身挎不同的篮子或袋子，双手在翠绿的嫩叶上翻飞，姿态是那么的开合有度，收放自如，仿佛是在琴弦上弹奏。

我试着采摘，刚刚冒出来的茶叶，嫩嫩的、鲜鲜的，如绿云一般浮在茶树顶端，与下面墨绿色的老叶片形成鲜明的对比。叶片上的水珠随风而动，珠圆玉润，呼之欲出，鲜美娇嫩得不忍下手。茶农告诉我采茶时脚下要稳，眼睛要灵，手指要快，精力要高度集中，采下来的茶必须是一芽一嫩叶，或一芽两嫩叶。采茶不仅是体力活，还是技术活。我想，茶叶之所以会有妙不可言的韵味和无与伦比的魅力，不仅有大自然云雾的滋润，更是人们的双手赋予它的温度。

细雨如轻纱，似薄雾，像幔帐，飘飘洒洒，落在碧绿的茶叶上，那声音如天籁之音荡尽茶山的风光，洗涤着人们内心的浮躁和尘埃。这些与茶农真实的生活天人合一般地整合在一起，显得那样真实、清新和圣洁。

满载嫩绿的茶青归来，刚落座，张书记就从屋里拿出一个陶罐，打开让我闻了闻，一股清香扑鼻而来，那香气浸入肺腑，让人为之一震，张书记神秘地笑了笑："这是前几天采摘的谷雨茶。明前茶价高，雨前茶味醇，懂茶之人常把谷雨前采摘的茶珍藏起来。"我想起明代许次纾在《茶疏》中谈到采茶时节说："清明太早，立夏太迟，谷雨前后，其时适中。"朱权在《茶谱》中从品茶、品水、煎汤、点茶四项谈饮茶方法，认为品茶应品谷雨茶。

张书记告诉我，人们总认为清明茶比谷雨茶好，不错，清明茶细嫩品质好，但两三泡之后，茶味就变淡了。而谷雨前采制的茶，泡起来的绿茶舒身展体，香浓浑厚，久泡仍余味悠长。据说，谷雨那天采制的茶，喝了对人身体特别好，通全身不畅之气，有病可以治病，无病喝了防病。民间也有谚云"谷雨谷雨，采茶对雨。"谷雨品新茶，相沿成习。

我迫不及待地端起玻璃杯，只见谷雨茶在杯中上下翻滚，翩翩舞动，慢慢地舒展开来，一叶一嫩芽的在水里像展开旌旗的古人的枪，被称为旗枪茶；一芽两嫩叶则像一个雀类的舌头，被称为雀舌茶。轻轻地啜一口，顿觉缕缕醇香在周身流畅。晚唐著名的诗僧齐已在《谢中上人寄茶》云："春山谷雨前，并手摘芳烟。绿嫩难盈笼，清和易晚天。且招邻院客，试煮落花泉。地远劳相寄，无来又隔年。"空灵之意境，充满字里行字。在轻雾如烟的茶树中，翠绿鲜嫩的春山野茶很稀少，乃至天色将晚时，还未采满筐，尽管谷雨佳茗难得，但诗人还是迫不及待地招呼邻院的客人来品新茶。谷雨茶，经过雨露的滋润，营养丰富，香气逼人，饮一盏新绿，染满身清香。"清茶素琴诗自成，品茶听雨乐平生。滚滚红尘多少事，都付南柯无迹寻。"

张书记自豪地告诉我，当年习近平总书记在福建任省长时，曾到常口调研，为我们村的发展指明了方向。近年来，我们大力推广和应用"园改""土改""树改"等方法，带动低产茶园改造，提高茶园综合效益。下一步我们要在规模种植的基础上，实行品牌带动，促进茶旅融合。

手捧香茗，再看眼前的茶山，春雨的洗礼，云雾的滋养，春风的爱抚，自己仿佛也溶入其中，成为这春日千姿百态中的一色一味。在茶的世界里徜徉，会让你不由自主生发出对生活的热爱。

道风飘然灵济宫

　　时间已过了农历的立冬，可这里的气温依然如夏天般闷热，当我们一行驱车前往闽侯青口灵济宫时，还必须开着冷气。越过环三高速，汽车便一头钻进了曲曲折折的乡村街道，满眼都是花花绿绿的广告牌和连绵不断的小店铺，人头攒动，熙熙攘攘，爬坡上岗，七绕八拐，汽车在一块较为开阔的空地上停下来，带路的小林说到了，就在这里。

　　在我最初的想象中，寺庙道观应该和深山老林密切联系在一起，似乎只有在远离红尘的地方，才会有青灯古卷，才能够清静苦修，然而这久负盛名的灵济宫竟然身居闹市，着实有些吃惊和意外。沿石条相砌的小道拾级而上，迎面是一道上书"昇平人瑞"的石碑坊，上雕人物、花草、树木，刻工精美，为清代遗物，是清政府为表彰民间长寿老人而立的，原来散落在村里的其他地方，为了保护，便移至宫门前，非常的协调。走过石碑坊迎面是一座阁楼式山门，上书"金鳌门"三字。山门后就是悬挂有"闽侯青圃灵济宫"牌额的庙堂，站在庙堂前发现地势较四周陡然高出许多，这高台就是梁山山包，位列青圃三台之首，隐隐的也透出浑厚的气势，我陡然想起宋初诗人石延年的诗句"台高地迥出半天，了见皇都十里春"，诗描绘了京城百姓在春暖花开之际，纷纷登上城中的一个高台踏青游玩，观赏明丽的京城风光，高台虽不及山峰，但也高旷景美，生机盎然。想当年，梁山高台也应是了见十里春的。

　　踏进宫门，光线一下子暗淡下来，宫内地面的青石板已凹凸不平，潮湿的空气中熏香扑鼻，给人幽深神秘之感。宫为前厅后殿式布局，朝南坐北，一列三进，厅殿连为一体，没有明确界限，主要陈设是戏台、阁楼式看台及神殿。前厅约占整个庙观面积的三分之二，为村民演戏酬神和信众神诞聚餐之所，灵济宫这种厅殿连为一体的庙堂布局在福建民间宫庙中是非常有代表性的，这种建筑陈设也充分说明了民间宫庙不仅仅是民间信仰开展的宗教场所，也是村民的公共聚会之地与公共文化娱乐之所。

没有香客，也不见别的游人，厅殿里显得极为安静，脚步随着管理员老林的娓娓解说向后殿移动，后殿即神殿，正中上立着"御封洪恩上帝"碑额，正中供奉徐知证、徐知谔真人身着明代帝王装的"金阙洪恩真君"和"玉阙洪恩真君"造像，左右为其二像的金身塑像，气度威严。正殿左右两偏殿，分别名为"永安宫"与"注生堂"，供奉二徐真人的父母徐温和田氏以及江王夫人许氏和饶王夫人陶氏。延伸至前厅内的左侧与右侧殿堂供奉着二徐真人的部下。左侧为左相、吏部、礼部、刑部、春报等四位"御前官员"，以及查大元帅、岳大元帅、魏大元帅、马大元帅等四位当年随二徐南下的将领；右侧为右相、户部、兵部、工部、地府使者、秋报等四位"御前官员"，以及边大元帅、许大元帅、赵大元帅、魏少爷等四位当年随二徐南下的将领。他们姿态各异，形态逼真，或双目微闭，或眼透灵光，充满了静谧的神秘美感。

我知道灵济宫的道教文化与一千多年前征战与此的二位传奇人物有着密切的联系，只是远景已经模糊。因此，说不准是道教成就了这两个人物，还是这两个人物成就了灵济宫的道教香火。这两位人物就是徐知证、徐知谔同胞兄弟，据《灵济宫庙记》和《灵济宫记》载：后晋开运二年（公元 945 年），闽国发生内乱，权臣朱文进乘机叛乱，杀王氏五十余人，自立闽王。王氏遂向南唐乞援，唐主徐知皓遂命御弟徐知证、徐知谔率查、边、岳、许、魏、赵、刁七帅等数万大军，从崇安入闽，水陆并进，连取建州和福州，进而挥师南下，欲取漳泉。大军渡过乌龙江，路过青圃时，众乡老拦住马头哭诉，有数百朱文进残部盘踞在附近鳌峰山上，经常下山洗劫，残害百姓，请大王为民除害。二徐即驻兵青圃，攻打鳌峰山，杀死其头目，余众纷纷来降，从而荡平草寇，百姓大喜。徐军驻扎青圃期间，纪律严明，秋毫无犯，深得百姓爱戴。大军离开青圃时，乡人依依不舍，极力挽留，并在鳌峰龙湫之北立生祠祀二徐。二徐深受感动，对乡民说："我等明年当脱离凡世，来这里栖住。"第二年，二徐去世，但精魂不灭托梦于青圃乡民，说他俩已成为神灵，降临于鳌峰，百姓遂奉他俩为神，建庙宇供奉，年年岁岁焚香祭祀，从不相忘。因二徐威灵显应、保境安民而香火不断。五代末至北宋初，二徐真人被百姓私谥为"护境感应王"，后又私谥为"金阙真人"与"玉阙真人"的封号。二徐真人信仰在宋时已得到当地官府的支持和认可，南宋时二徐真人庙获得朝廷赐予的"灵济"庙额，并先后三次扩建，初见规模。"灵济"意为"有求必应，护佑四方"，这是对二徐真人功德的概括，也是青圃灵济宫名称的由来。

元代时，二徐真人信仰开始纳入道教体系，形成一系列的宗教仪式，成书于元大德年间（公元 1297—1307 年）的《徐仙翰藻》对这方面的记载尤为详尽，此书共 14 卷，近 10 万字，收入大量宗教活动时撰写的青词疏榜表文，多以扶乩的形式写就。反映了扶乩在二徐真人信仰中占据十分重要的地位。此书也成为今天人们研究宋元时期民间道教仪式的重要资料。随着二徐真人成了道教的神仙，信仰进一步扩大，元朝皇帝赐予了"金阙真人"与"玉阙真人"的封号，实际上承认了宋代民间的"私谥"。

神殿的对面是一个高高的戏台，每年二徐真人生日，这里都要举行盛大规模的庙会，人们扮着判官、小鬼，敲锣打鼓，名曰"酬神"，黑压压一片，好不热闹，一派人神共庆、人神同乐的欢喜场面。每到盛季，周边县市，甚至远在台湾和东南亚的善男信女不远千里来顶礼膜拜，香客摩肩接踵，人山人海。戏台左侧的墙上镶嵌着一块《重修灵济宫碑记》，记载着清康熙十年（公元1617年）重修灵济宫的始末："圣王之制祀也，德施于民则祀之，为死勤事则祀之，以劳定国则祀之，能御大灾捍大患则祀之，非是族也不在祀典，文功烈于民者也，前哲今德之人，所以为明质也……"整部碑文有如一篇优美的叙事散文。

　　抬脚迈出宫庙青石砌就的大门，一缕清风拂面而来，静听庙语，仿佛在轻轻诵读那本属于自己的书，深情演绎千百年来的沧桑巨变。人如流水匆匆逝，月横千古依旧明，那些曾荡漾人心的情仇在历史的烟云中流转，惹了月光的浅韵深律，覆了心海的薄愁厚意，却无法泯灭天地造就的人与人之间的情愫。神与人之间的沟通在香灰纸冥中尽显，如幽悠音乐在彼此之间默默流淌，读懂了岁月，悟出了世理。庙门的左侧就是"御碑亭"，高7.2米，由20多根大木柱立地支架，亭上盖着青色小瓦，四角蚩吻兽头，具有辽金时代北方木亭的风格，在南方实属罕见。亭内一座石灰岩质石碑为明成祖所赐，立于明永乐十五年（公元1417年），碑顶半圆；上刻篆字"御制洪恩灵济宫之碑"，碑文为楷书字体，是状元胡淇所书，大部分字仍清晰可读，碑文两旁饰以蝙蝠图案，纹样精美，碑由一整块石灰岩镂凿而成的赑屃驮着，传说赑屃是龙生九子其中之一，形式龟，力大无比，常驮着三山五岳，在江河湖海里兴风作浪，后来大禹治水时收服了它，它服从大禹的指挥，推山挖沟，疏通水道，为治水做出了贡献。洪水被制伏了，大禹担心赑屃又到处撒野，便搬来顶头立地的特大石碑，上面刻上霸下治水的功绩，叫赑屃驮着，沉重的石碑压得它不能随便走动。

不同于历朝历代名寺名庙中的赑屃碑座，灵济宫遗存的赑屃有着不一样的形态，它通体红白相间，头部奇大，伸颈昂首，只可惜上面布满细坑，龟吻部分已不见了。碑和亭在这里已整整立了五百多年，为我省迄今保存比较完好的最大古石碑和碑亭。

　　站在碑前细读碑文，思绪也随着透过木柱的斑驳阳光回首苍茫，遥想久远的辉煌。明永乐十四年（公元 1416 年）前后，明成祖朱棣背发毒疮，御医束手无策，生命垂危，于是颁诏天下求医，二徐真人托梦当时的庙祝曾陈孙，授以单方，曾氏揭榜晋京，治好了永乐帝的顽疾。明成祖为报答二徐真人的救命之恩，一方面大力旌表二徐真人，永乐十五年（公元 1417 年）与次年两次赐予二徐真人封号，封号字数从 18 字增加到 32 字，神格称号也由"洪恩真人"上升到"洪恩真君"。另一方面，明成祖下诏重建闽侯青圃灵济宫，永乐十五年（公元 1417 年）正月开建，着工部行文福建布政司督办，动用军民上万人，费时一年多完工，其中御碑亭的石碑龟趺是在南京凿石刻好后从海上运抵福建，单从乌龙江运抵青圃就花了三个多月的时间。重建后的灵济宫自金鳌山下沿山势建到山顶，计有三重门、六座宫殿，以及法堂、道房、钟鼓楼、御碑亭、牌坊、客舍等大小建筑 200 余间，四周建有宫墙环绕，整个建筑金碧辉煌，仿帝王宫殿而成，故其大门楹联写道："欲观北京皇帝殿，先看青铺灵济宫。"灵济宫重建好后，朝廷除定期遣使祭祀、送换衣袍外，还设专职官员以掌其事。永乐十六年（公元 1418 年），明成祖又下诏在北京皇城西侧，仿福建青圃灵济宫祖宫的样式建造一座洪恩灵济宫，以便皇帝时时祭拜……

　　沿着庙前的青石板缓步而行，背上驮着沉甸甸的阳光，暖风涌动如浪，往身上一阵阵地猛扑，脚下的石板闪着幽幽青光。回过头来，西斜的太阳悬在半空，白白胖胖的，好像一张正在嘲笑着我们、也嘲笑着历史的圆圆的脸庞，是啊，当年的金碧辉煌又在何处呢？光芒耀

50

眼的兴盛，多灾多难的经历，神秘厚重的积淀，是灵济宫的写照，更是历史的写照。移步到庙门的右侧，看到两座较小的新建的堂宇，分别称刁元帅府和郑都总管府，分别供奉当年二徐南下的先锋大将军刁大元帅和郑都总管，我不知道他俩为何能享受单门独院、单独祭拜的待遇。可以看出，在灵济宫众多的神灵中，郑都总管的香火最盛，甚至超过主神二徐真人，当地百姓都说郑总管最灵验，有求必应，他们还认为郑总管就是明代的三保太监郑和，说是因护送"御碑"而到过青圃灵济宫。只见一对中年夫妻，带着一个七八岁的小女孩，双膝跪在红木拜榻上，神情寂然，双手合十，微闭着眼，轻启着唇，虔诚地祈祷。然后双手摊开，手掌朝上，前额俯吻拜榻，三叩。全身心地投入，仿佛身在净土，远离了尘世的喧嚣，那道与禅的深奥，似乎就在一瞬间顿悟，身心解放，道法自然。老林笑着说：烧炷香吗？我摆摆手。一念可拜十方佛，烧香就免了吧。在心里拜拜也是可以的，心诚则灵，我想祖师不会怪罪的。我略带好奇地问边上一位正在占签的道士，你出家是否因为看破红尘呢？他回答说：其实何必看破红尘呢？看破自己就行了！是啊，每个生活在世间的人，不管你位高权重，堆金如山，还是穷困潦倒，前途茫茫，都会不同程度地有着心魔和病魔，都会有扯不开、挣不脱的忧烦缠着你。所以，每个人都只要看破自己就行了，何必牵强。但是，看破自己也不是件简单的事。要看破，那把钥匙，还得你自己去用心找寻。道可道，非常道；名可名，非常名……这些足以道破自然与生命的天机，容我们慢慢地悟吧！

沐浴着一身道风，走出灵济宫时天边已升腾起灿烂的霞光，远处的鳌峰山和五虎山已笼罩进落日的余晖中，灵济宫的姿影不在眼前，而在心中，淡然的心态，看潮起潮落；千年的守候，只是为了知音而在！谁能读懂他，谁就拥有他，不是宫庙的本身，而是自然的精神！

蝶背上的澳角

沿东山环岛公路向南行驶，尽头就是澳角湾，湾边有个村庄就叫澳角，据传澳角建村始于明朝中后期，由南澳、诏安、云霄、晋江等地渔民汇聚而居，至今已有 500 余年的沧桑。澳角村东临台湾海峡，是大陆距台湾的近点，至高雄仅 110 海里，浅浅而又窄窄的海峡，却有着 60 多年的遥远和相思。

澳角有座山，说它是山，海拔不到百米，更像是个小山包，它有个奇怪的名字叫大肉，不知道这个名字源自哪里，带我们上山的村干部小郑告诉我说，因为山上许多岩石纹路像精肉丝，所以叫大肉山。这也许是困苦年代最富有想象力的奢望。汽车沿着弯弯曲曲的公路向山上行驶，沿途满是蕴含着云母的石岩在阳光下明灭闪烁，漫山遍野的木麻黄、黑松、相思树郁郁葱葱。海风劲吹，林间不时发出呜呜的吼声，似海涛在翻滚，高大的令人生畏的仙人掌一丛丛夹杂期间，顶着硕大的黄花，摇曳着笑靥，让人有了一丝的宽慰。

抵达山顶，发现大肉山三面环海，而联系大肉山的是一条低平的沙滩，把海拔不到百米的大肉山簇拥衬托得高大、巍峨起来，山下的澳角村，夹在乌礁湾和澳角湾之间，长条形的海滩上一幢幢整齐排列的红白相间的小楼，显示着渔村的完整与和谐，炫示着渔民的富足和丰饶。恍惚之间，我发现澳角村就像一只五彩斑斓的巨蝶，身子就是澳角村，乌礁湾和澳角湾就像它巨大的蔚蓝色的两翼伸展开来，嬉戏于大波大涌之上。据说不同的季节不同的风向就把南北方向的海面塑造成不同的性格，春夏来临，东南季风劲吹之时，这南边海域，惊涛拍岸，浩浩荡荡，而北边海域却温柔妩媚，静若处子。秋冬时节，东北季风盛行之际，这南边的海域，则恬静怡然，安详如眠；而北边的海域则大浪滔天，呼啸狂吼。大海总是以它变幻万千的姿态展示着摄人心魄的魅力。

回望台湾海峡，海风猎猎，波涛翻滚，苍茫浩渺的海面在夕阳的映照下，闪着粼粼金光，在这金光之中伏着象、狮、虎、龙四屿，每个相距约两海里，自东向南依次安卧，这四只巨兽中，猛虎双目眈眈凝视远方，仿佛随时一跃而起纵身猛扑，那虎首、虎身、虎背、虎尾，无一不是栩栩如生；绵长起伏的巨龙，扭动着身躯，舞动着铁爪，驾着白浪，昂首朝陆地游来；雄狮则威风凛凛，滚动着"绣球"似要上岸与你嬉戏，动感十足；至于大象，但见它把长长的鼻子插进海水里，悠闲地畅饮，双耳欲动，步履迟缓。这就是澳角村一个极为独特的景观"海上动物园"。据说，这龙虎狮象原是天庭镇守南天门的四神兽，它们为何会来到凡间？为何又化成四座岛礁？神奇的传说既让人震撼又令人悲伤。相传，南宋末年，元兵大举南侵，南宋皇帝赵昺弃都南逃，几经劫难，来到澳角村，但见这里地势险要，却又山明水秀，是据险扼守的好地方，于是赵昺听从丞相陆秀夫的建议，在此建陪都东京，重整旗鼓，以图恢复。然而建都必有所陪衬，方能形成格局，以保江山稳固。正犯愁间，群臣中有一谋士建议把天上镇守南天门的四兽引来，以此形成龙盘虎踞、狮镇象守的格局，那样既可保大宋江山千秋万代，又可使陪都形象秀美，并自告奋勇，引兽下凡。只见谋士设下神坛，焚香燃烛，祭酒挥剑，念念有词，霎时，浓云密布，电闪雷鸣，谋士向空中猛抛一条红线，说时迟，那时快，红线化作一条直入南天门的大道，那龙、虎、狮、象四神兽顺着大道急驰而下，被莫名其妙地招到了凡界，正当神兽纳闷间，谋士又抛出四段黑线，眨眼间，黑线化为铁链，将四神兽牢牢锁住。然而神兽过惯了天庭自由自在的生活，哪受得了这等束缚和欺辱，因此狂吼乱跳，日夜不息，这吼叫声直贯天庭，吵得玉帝心烦意乱，寝食不安，急令太白金星去查个究竟。太白金星来到南天门，不见四神兽，大吃一惊，急急奔出天庭，循神兽吼声的方向望去，只见四神兽被捆绑在东山岛海隅，太白金星急向玉帝禀报，玉帝闻报大怒，令太白金星速将四神兽引回南天门，把赵昺的陪都沉入南海……正当太白金星领旨之际，年幼的赵昺，受不了神兽的吼叫声，无名火起，抽出宝剑，朝神兽一阵猛砍，可怜四神兽被砍得鲜血淋漓，没等太白金星来到便一命呜呼了。见神兽已死，太白金星怒不可遏，举起白色拂尘，往天空一划，顿时地动山摇，海啸山呼，陪都东京一下子就沉入海底。太白金星又轻挥拂尘，四神兽便倏地向海上漂去，龙、虎在南，狮、象在北，顿时化为四座小岛……

多么神奇而又富于想象力的传说，然而传说归传说，这龙、虎、狮、象四个岛屿的确是惟妙惟肖，独具匠心，大自然把它鬼斧神工般的技术发挥得淋漓尽致。眺望茫茫大海上的岛礁，我顿觉在大自然面前，个人便显得那么无依，那么渺小，如晨曦时树叶上的一滴露珠，广袤大地上一株嫩嫩的小草。但是，大海、礁石、蓝天、白云，还有站在山顶上的人们，谁也不能孤立，大自然正因为有我们的存在而更加精彩丰富起来。走进大自然，将天地万物及悠悠时空俱纳于胸，深深吸入清新的空气，将胸中的浊气吐出，养浩然正气，展拓我们的胸襟，让我们从烦恼中解脱，将心理的淤结化解，使心灵净化、圣洁。大自然有它至高的境界，人脱离不了自然，自然也缺少不了人，慢慢体会，万物的规律都蕴藏其中。当然，只有摆脱世俗的牵缚与功利的缠绕，全身心的融入自然的魂魄中，才会有心得。

下得山来，我们来到渔民老沈家做客，他家上上下下，里里外外全是海柳，这是一种寿命可长达数万年的海底灌木，历代本草如《本草纲目》和《海药本草》等均有记载，具有清热止血、安神镇惊、医治眼翳等神奇疗效。老沈介绍说，海柳品种多，分为血柳、红柳、赤柳、乌柳、龟龙柳、石柳、珊瑚柳、金丝柳、花柳等近百个品种，他如数家珍地向我们展示他收藏和制作的海柳工艺品"岩洞冰桂""玉树琼枝""苍松古柏""丹凤回首"等，一件件工艺品出神入化，惟妙惟肖，老沈告诉我，他制作的海柳工艺品多次参加海峡两岸花博会和全国旅游品展览会，受到越来越多人的喜爱，目前他加工制作的海柳烟嘴、戒指、耳环、手镯、佛像、艺术盆景等都成了高档艺术品，供不应求。海柳，千年历练，久藏深海，它们悄然地诞生，默默地生长，大海给它们注入丰富的营养，日月精华把它们锻造，出海后经过现代渔民慧心巧手的精工雕琢，尽展它的风华。现在海柳的采集、加工、销售已成了澳角村渔民的一大收入来源。

夕阳在海面上水银般的游走，万船云集的澳角港也沾着温暖的亮光，漫步在整洁的街巷，不时有穿着时髦的村民驾驶着轿车、高档摩托车从身边穿梭而过，一排排一幢幢设计新颖、彩墙画壁的别墅被绿树环绕，这里有邮局、银行、超市、杂货店，俨然是一座浓缩版的城市。看着房前屋后悠然劳作的村民，听着前街后院母亲呼儿唤女的那种爱嗔交融的声音，我的心似被什么敲打着，袅袅的炊烟弥漫在村庄的空气中，久久不散，这轻轻一缕的炊烟曾给多少个远航归来的疲惫灵魂以温馨与依托。与都市相比，这里太朴素、太平凡；与都市相比，这里又最宁静、最纯洁。那种与世无争的心态、那种日出而作、日落而息的生活规律，在平凡中透露出诱人的光辉，令人心依，真想能永远留在这里，投入这种宁静的生活。然而我知道澳角渔民，没有因过去生活的困苦劳累而淡忘奋斗的意义，没有因平凡的生活而失去奋斗的动力。他们都经历过沧桑和动荡，他们懂得只有靠自己的双手不断的去争取去创造才是人生的真义。"全国文明村""全国民主法制示范村"“全国建设新农村示范村”等等，这都是澳角人的骄傲。

　　澳角，这个蝶背上的村庄，将振翅高飞，飞往新的世界和传说中的乐土。

斗山真味似清茗

风景就如人生旅途中的驿站，每一次的放逐都会让你从年轻走向成熟，从浅薄走向深沉，从浮躁走向淡定。位于诏安县西潭乡的斗山形如其名，宛若碧玉小斗隐于绿树浓荫之中，山灵、水秀、木奇、石异，旷达的真味，如品一盏清茶，有一种唇齿生津的流连与回味。

道路上残存着夜雨的湿度，枝叶上还挂着意犹未尽的雨滴，让人分明感受到了那场夜雨的气息，想必那场雨有点大，想必穿透了黑夜笼罩下的所有生命，那样的磅礴，那样的淅沥。沿省道诏平线至牛仔岭，穿过刻着"斗山岩"三个鎏金大字的石拱门，再沿着盘山小路蜿蜒而上，路边那些淡黄的、粉红的、微紫的、雪白的花儿，或大或小，或远或近，珍珠般撒落在草丛里，一只长尾野鸡从茶树丛中窜出，"扑哧扑哧"地拍打着翅膀，向远处的龙眼林飞去。

雨后的朝阳灿烂而红艳，像刚出生的婴儿的鲜嫩的脸，你可以久久地注视她，她绝不会拿锋利的光芒来灼伤你的眼睛。远山似乎离我近了些，天空显得更加蓝，五月的巧云摆弄着各种优美的形姿，朝着东边太阳的方向缓缓地前行，那是一朵朵抒然飘逸的洁白，更是一个个庄严神圣的追寻。我以闲漫的节拍感受这一路湿润芳香的气息，我把满目的翠绿一帧帧一频频收入眼底，植入周身每一个充满感动的细胞里。我读着茶园果林斑斓灵性的脉络，读着生命透绿透香的纹理，真的就有了一种冲动，想挥毫泼墨成就一幅绝妙的水墨丹青，布局是你我曾经忆起过的意境，神韵是我们共同的爽朗的心境。

一阵阵空灵清越的脆响，飘在轻纱般的薄雾中袅袅袭来，翠荫掩映下闪露出古刹一角红墙，不知不觉间已抵达斗山寺的门前。古寺很小，没什么香客，但在很远处就能感到有一股香味弥漫着，闻的很真切，却寻不到源头，让你恍惚间觉得那香味就是从寺前那有着几百年树龄的古榕树上散发出来的，让你不由自主走近那棵树，去贪婪地呼吸它身上的那种味道。那真是一棵古老的树，粗壮皲裂的树干，茂密屈虬的树枝，零乱飘扬的根须，无不骄傲地告诉我，它在这儿很久了，从仰望这片天空到俯瞰这片大地，从人们慕古寺而来到人们慕古树而来，从僧人勤扫去它的枯枝落叶到任它黄叶落地，从人们倚在树下小憩到远远仰望它惊叹。树，真的很孤独，我在想，它怎么会孤独地活了这么久，看着游客，看着僧人，看着古寺，我好像懂了，它孤独地活了这么久是因为它并不孤独。年复一年，自己已经垂垂老矣却还是努力地生长着，它在守着这座古寺，有这座寺，树不孤独，也许树不知道，只要它在，寺就会在，也许树早已参透，所以它一直在，因为要让寺在。这样的陪伴，陪伴了几百年，而我、我们，都是可有可无的过客。

走过寺内，只见花木繁茂，檀香缕缕，禅音悠悠，忽然想起常建的那首诗来："清晨入古寺，初日照高林。曲径通幽处，禅房花木深。山光悦鸟性，潭影空人心。万籁此皆寂，唯闻钟馨音。"如此清幽的境界怎能不令人心生感念，豁然开朗。浸泡在幽静神奇的境界里，隐逸之情覆盖了眼前所有的风景。我正如醉如痴，让佛音的节奏敲打去心灵中莫名的伤感，忽然一声"阿弥陀佛"，一位慈眉善目的老僧来到面前打躬相请，他就是斗山寺主持释长老。大师并非本地人氏，祖籍浙江，20岁离家投身佛门，如今年逾耄耋，独守青灯足足一个多甲子。我情不自禁地跟随走入茶室，用心感受大师对佛门禅理那种神秘境界的崇尚、向往和执着。释长老从一个瓷盆里拿出白色瓷杯，执起水壶动作熟练地倒上茶水，金黄色的茶水在白色茶盅里腾起热气，小小茶杯在金黄色的木桌上，形成一道炫目的风景。我慢慢地品尝茶水，茶水有些苦涩，仿佛刚从斗山的茶树上采来的，原汁原味。我一边品尝茶水，一边观察茶室，茶桌是木桌，长长的，非常厚实，是一截长木料的一半，桌面上有锯齿似的痕迹，但经过人工打磨，又上了淡淡的黄漆，如果不仔细看，看不出一丝痕迹。桌面两头是斗圆形的切面，粗糙一些，不像桌面那么光滑，桌底更显粗糙，完全原生态，这样的茶桌既大气又鲜活，既朴实又高贵，木桌仿佛还在生长，静静地在时光中行吟。

离开茶室，踏着寺里厚实的青石板，绕过高大的铜香炉，沿着雕栏玉砌的台阶拾级而上，游步在大殿飞檐下的回廊里。寺不大，显得小巧玲珑，但格外的庄严、圣洁而凝定。听释长老娓娓道来，方知此寺不仅历史悠久，而且充满传奇色彩。斗山寺始建于明嘉靖十二年（公元 1533 年），清光绪年间（公元 1875 年）翻建。据传，明相李九精通天文地理、易经等技能，有一次巡视江南，行到汾水关时，眺望斗山，见此山山势绵亘，景色清幽，颇感神奇，于是他登上斗山，果然是个少有的名山，只见山长水阔，绿荫如涛，其地势宛如三只冲天蜈蚣吐出三粒仙珠，他拍案叫绝，赞叹不已。夜宿山中，月明星稀，流水潺潺，鸟鸣啾啾，梦里依稀闻钟馨和诵经之音，醒来后即断定此地为佛地，遂捐资令西潭吴氏祖尚彬公之子孙召集乡人，动工建寺，并嘱将三颗仙珠分别藏于寺内外，一粒置于殿中佛座之下，一粒置于佛前拜垫之下，一粒置于寺门外的井边，预言道：这三穴定之，此地百年内必出三状元。我不知道这预言是否成真，但此后在春去秋来的轮回里，在佛香缭绕的氤氲中，让一种念想萦绕着人们的周身。

斗山寺往东十几米处即是原斗山道观遗址，想当初也是香飘火旺，而今只留下一块石碑上书"宋嘉定庚午年（公元 1210 年）道观"遗址，让人感叹。边上是一口寺前的古井，井旁立一石碑曰："滢滢水三尺，济饮人尽得。色受想识行，一洗皆清白。"因为此井旁置有一粒仙珠，即便大旱之年，井水依旧盈口，为乡民带来甘霖。我抵近井口仔细端详，只见井深不过三尺，清澈如明镜，一眼可见井底的细沙，几只小鱼正与几片飘落于水中的枯叶嬉戏，井中石头上布满青苔，一丛丛的蕨草从石缝里探出身子，摇曳着生命的活力，我轻轻地掏出一瓢井水入口，顿觉清冽甘甜，让人神清气爽，精神倍增。

不远处即是"文佛寺"，文佛寺始建于明崇祯十一年（公元1638年），1902年重修，这座阁楼式建筑坐北朝南，三开间，前殿和大殿，中隔两廊和古井，面积只有百来平方米，然而飞檐翘角，斗拱相托，雕梁画栋，美轮美奂。大殿中间端坐着"泗洲文佛"神像，慈眉善目，神情安详，浑身散发着慈爱之光。相传"泗州文佛"原为泉州秀才，人称"尾公"，精通天文、地理、医药、佛学，曾与诏安湖美村人吴明德结为兄弟，相携往福州应试，后随吴明德至诏安游玩，见斗山景色灵异，便隐姓埋名于斗山中建庵为僧。从此，尾公便用所学医药知识，为乡民解除病痛，造福一方，他的许多药方至今还在民间流传。尾公圆寂后乡民感念他的恩德，改庵为寺，奉祀其为"文佛"，其墓被称为"文佛宝塔"。后有人见文佛显灵于泗洲（今安徽泗县）拯救疫区灾民，所以又称其为"泗洲文佛"。微风吹响檐角的铜铃，半倚着石头栏杆，打捞着尾公曾被月光漂洗的旧事，在这个众生纷纭的尘世，有许多的人选择追逐繁华，亦有许多人只为寻觅宁静，有许多人选择独善自身，亦有许多人勇于兼济天下，他们朝着各自渴慕的人生方向行走，一路上留下喧嚣与清幽、热烈与悠远的风景，充实了自己，也感染了别人。斗山让一位寒窗十载的士子一下子放下了功名之心，消弭了青云之志，由儒入释，从修身转而修心，此山此水何其有灵！此地此景何其有福！尾公在为百姓服务中体味到了自己的人生价值，找到了自己的人生定位，谁为百姓做了有益的事情，百姓最终会用百倍的真诚来纪念他，"大爱弥天，雨露人间，情通四海，香火延年"，几百年的光阴流逝而去，而"文佛寺"的香火依然。

沿着"文佛寺"后的石阶而上，一根根毛竹笔直地伸向天空，一样的高大，一样的粗壮，枝叶或疏或密层层叠叠地遮挡在我头顶的上方，宛若一个巨大的绿筛，阳光从晃荡的绿筛上漏了下来，十分祥和地牵连在一起，弥漫在空气里的水气透过光幔，慢慢地变幻成了一片片飘散的雾迷。水珠从那些竹干的上端滚落下来，晶莹剔透，在阳光下绽放着璀璨的光芒。是昨夜的雨滴，还是今晨的露珠，抑或就是雨和露的结合体，珠泪浸润了竹的全部身心而委婉凄丽，整个竹林显得格外的动情。

还有许多高而苗条的树，在温馨的阳光中奋力生长，树身长着一层层树苔，毛茸茸的，用手轻轻触摸，心痒痒的，喜不自禁；青藤缦叶在笔直的树干上攀爬，骄傲而又快乐地彰显生命的精彩；树的枝叶，旁逸斜出，在阳光的照耀下，嫩嫩的树叶，透明、碧绿、嫩黄，如同散发着青春气息而无限静美的姑娘。一只鸟的驻足或一只鸟的飞起，都会在这儿掀起不小的波澜，一股风的吹来或一股风的离去，也会让这里泛起阵阵涟漪。自然的美是自然赋予人类的长久的依恋，这样的依恋带给心灵的体验，是感动，同时也是一种感恩。

驻足在山顶的"仙翁台"，极目远眺，海面上鸥鸟翩翩，帆影点点，往来天海之间，不觉胸襟开阔，心旷神怡。斗山，你集山水之灵于一身，你把绝妙的自然景观与历史人物、历史故事有机融合在一起，既灿若锦绣，又在大气磅礴，让人思载千古，遐想连篇。

下山时已是薄暮时分，夕阳的余晖透过树的枝枝叶叶漫过来，一束束橙黄色的光芒将山林层层浸染。我又回到了古寺，只见释长老禅坐在蒲团上，手敲木鱼，翕动着嘴唇默诵我听不懂经文。但我分明能感觉到，那来自西域古道的阵阵空远，还有粒粒佛珠透出的古木馨香。古寺悟禅，心弦触动，心灵轻涤，顿感人生起落，因果缘由，都在禅意中化为一波平静的清泉，潺潺远流而去……

佛光灵雾白云山

到过一些名山胜地，但这座名不见经传的白云山却时常让我梦牵，牵着她的灵秀，牵着她的神奇……

暮春时节，出差来到白云山下的福安市晓阳镇，当地人介绍从晓阳镇登山是一条捷径，据清光绪《福安县志》载："白云山……山最高，为闽东第一山。上有庵，常年积雪不散。"单是这文字，就已让人产生登山的兴奋。晓阳镇所在地晓阳村，是南宋著名爱国诗人谢翱的故乡，他的诗在中国文学史上有很高的地位，史称"宋末诗人冠""南宋翘楚"，有《晞发集》等百余卷诗文传世。村中心有座我省最古老的戏台，名曰：太后宫厅，为木质宫殿建筑，正中悬挂着当年体式"太后宫厅"匾额一面，木柱下部的八楞础石具有鲜明的宋元特征，大厅前面的一对"石锣石鼓"内九旋和外五旋的纹式，表示至高无上的"九五之尊"，隐示皇家的威仪，大厅两侧的神龛基座有十数面石刻浮雕，上面的人物花鸟走兽线条流畅，栩栩如生。据说，这座仿宫殿建筑，是晓阳谢姓为祀谢太后所建，太后名谢道清，晓阳人氏，为南宋末理宗的皇后……白云山脚下的这些历史和传说，平添了许多神秘和遐想。

挽着清风，携着朝阳，我们渐入白云山灵动的画幅，成了其中的点缀，登山台阶蜿蜒着向上伸展，目之所及，到处是旖旎的山色，杜鹃花一簇簇，一片片，跳跃着炙人的热烈，把乍暖还寒的白云山装扮得分外妖娆。锦带花、丁香花、忍冬花……如精灵闪动在绿荫丛中，时而纾展时而隐秘。路旁的小溪，拖着银色的裙摆，旋转着水涡的罗裙，在玩石间欢快地奔跑着，几只蝴蝶轻点着溪水和它亲昵地耳语。不远处的水潭仿佛把满山的绿色都溶入其中，绿得让人心怡，间或几声鸟啼，越发平添了空谷的宁静。

正当我们欣赏着沿途这绝妙的景致时，不知何时，轻纱般的雾气悄悄向我们飘拢而来，从花丛下、从溪水中、从树林间，似发丝般细长的雾丝，若有若无，时隐时现，悠悠荡荡，随山岭起伏，顺山风来去，一层层、一团团地升腾、集聚。雾来之时，绝不张扬，没有一点儿征兆，既不会刮风落雨，更不会电闪雷鸣。气势磅礴的喧闹与它无干，长虹七彩的绚丽更是沾不上边。它是那么特立独行，那么的温情柔和，周身上下只是一袭亘古的苍白……

我们继续向峰顶登攀，瞬息有种错觉竟分不清自己是上了天阶，还是登了天梯，脚步似乎也飘忽了起来。雾，快快慢慢、大大小小、白白淡淡、高高低低，翻卷着、舒展着、延伸着，没有一刻保持着相同的模样，以各式各样的姿态漂流而过，雾的变化，恰似人的命运，那分分秒秒都变幻莫测的人生际遇，不禁使人为之又喜又叹。"雾起时，我就在你的怀里。这林间，充满了湿润的芳香，充满了那不断重现的少年时光。雾散后，却已是一生，山空湖静，只剩下那，在千人万人之中，也绝不会错认的背影"。白云山的雾有如席慕荣诗中的灵性，你置身于她白色温柔的抚摸中，卷缩的心叶在这样的时候可以缓缓得以伸展和浸润，变得淡定而又坦然了。

雾气，越来越重，越来越浓，沟壑、峰岭、树木，一切的一切已全给装进了雾里。一阵阵山风吹来，携着雾水，使头发、眉毛挂起了水珠，水珠越聚越多，越集越大，一粒粒从脸颊上滚落下来，树干、花蕾、叶尖都挂起晶莹的玉珠，闪动着、跳跃着。当我们接近缪仙峰顶时，雾突然散开，变成了一重重的白云，翻滚着向邻近的山坳里集聚，一切又清晰地重现在了人们的面前。"啊！佛光，我看见佛光啦!"循着同伴的喊声望去,不远处的山谷里,竟有一个清晰的半身人影,头部罩着一轮色彩斑斓的光环,宛如一尊如来佛像,仔细看时,在光环中仿佛还有类似蝌蚪的文字,光环直径约莫有两米,静静谧谧,彩光流转。"佛光"的形成机理,我本已略知一二。然而,第一次见到"佛光"的我,也不能自己,竟就惊喜地喊将起来,在山顶跑来跑去,然而奇怪的是不管我跑到哪里,"佛光"都跟到哪里,我用手挥之,"佛光"里的"佛"也伸手挥之,我的手挥几下,就跟着挥几下……"佛祖真的要显灵?"我不禁紧张起来,呆望着"佛光",再不敢动弹。宋代诗人范成大诗云:"非云非雾起层空,异彩奇辉迥不同。试向石台高处望,人人都在佛光中。"范老先生当年看到的"佛光"应该和今天没什么不同吧!

"佛光"是从佛祖释迦牟尼的眉宇间放射出的救世之光,吉祥之光,唯有与佛有缘的人,才能见到"佛光",这是佛家所持的观点,是"定论",《涅槃经》云:"欲识佛望,要观时节因缘。"借佛家的缘之说,我以为"佛光"的显现委实靠的也是一种缘,离开了难得的、特定的缘,"佛光"就无从显现。缘是什么?这缘,就是人与自然在刹那间达成的和谐,就是阳光、云雾与人的互相依存、互相体贴、互相融合达到了恰到好处,就是造化对美幻的偶然垂青。由此谁还能说看到"佛光"不是幸运、福分?世人能不为之激动、忘情?公元366年的一天傍晚,在甘肃敦煌附近的莫高山顶,一个叫乐僔的和尚在无意中看到了"佛光",乐僔随即訇然跪下,朗声发愿,誓把"佛光"显现之地变成一个令人崇敬的圣洁宝地。正是受这一理念的感召,经过工匠们千余年断断续续的艺术构筑,终于成就了举世闻名的世界文化艺术的瑰宝——敦煌莫高窟!这就是"佛光"的感召力,让人为之奋斗终生而不悔。

"佛光"显现出色彩缤纷之美,放射出七色光彩闪烁;"佛光"具有令人惊艳之美，让人吃惊得迷狂；"佛光"具有宁静之美，将自己的宁静融入了茫阔无垠的宁静；"佛光"蕴含知足之美，偶尔显现，不会无休无止的放大；"佛光"葆有圆满之美，永远是那么自然、饱满；"佛光"还有和善之美，悄然显现于阳光下的云雾，默默出现在人的眼前……"佛光"永远都是别具一格之美。天下名山，发现"佛光"者不少，如峨眉山、黄山、蓬莱山等皆有发现，但都是单体"佛光"，而白云山缪仙峰所显现的"佛光"，则是单体和群体交相辉映。据说，白云山"佛光"每年大致会出现数十次，若有缘，你还能在莲峰寺前的天池畔看到子夜"佛光"，月色溶溶、云雾迷离、空气澄明，这月夜里的"佛光"，不比王维的佛理诗境更静谧、更神奇吗？

白云山有着太多的自然景致、人文历史和神秘传说，来吧，融入她的怀抱，让仓促的步履缓一缓，让狂乱的思绪安一安，让浮躁的心灵静一静，在熙熙攘攘中找一块属于自我躯体和内心世界宁静的魂灵之所，也许白云山这"佛光"、灵雾，这日出、云海，这午莲、冰臼都是对心灵最好的慰藉。

光景已自成追忆

萌动我去看烟台山欧陆遗风遗构的是朋友圈里的一则微信，那几张黑白泛着黄斑的照片深深吸引了我，面对这一张张旧照，会有一种穿梭在漫长时光隧道而不着边际的感觉，会有一种怀旧的氛围萦绕着并勾起对流年况味的追忆。

深秋上午的阳光，拨开厚厚的云层，放射出柔软的光芒，照在闽江频繁荡漾的波浪上，煜煜闪烁。江的南岸就是仓山，仓山古称天宁山、天安山、藤山，烟台山则为藤山的一小峰。据《藤山志》记载："自元末清初，中州设有炮台、炮城，因于隔江藤峰绝顶，设立烟墩，以为报警之用。"故名烟台山。此地山不高而清幽，水湛湛而碧透，林蔚蔚而葱郁。古时梅坞至程埔头，盛植梅花，明代诗人徐通赞其"十里花为市，千家玉作林"，故又有"琼花玉岛"之美誉。

福州拥有 2200 多年的建城史，而烟台山一带直到元初始成村落，俗称"十境"。明代在此设立盐务官署，盐仓林立的烟台山下遂成为著名的食盐贮运中心；1685 年，清政府设闽海关南台分口，商贸活动日益活跃；五口通商后又因其特殊的地理位置和自然条件而被外国势力所占据。一百多年来，历经中西文明的碰撞与交流，烟台山已然领福州近代风气之先，成为中西文化的交融点，福建辛亥革命的策源地，西洋建筑式样的活化石。

让我们穿越平面的历史，去搜寻尘封的记忆，打开那一扇扇久未转动的门，走进那一个个生动的故事，抚摸那一页页泛黄的影像，沉浸在逝去的时光里，在斑驳和沧桑中感受繁华不再、音容不再、笙歌不再。

过三县洲大桥，一条灰白的柏油路漫上山坡，这就是对湖路，对湖路的得名是因为过去在路的两旁，有"爱庐"和"梦园"两座别墅，各有一口大池塘如湖，隔路相对，故名。然而庐、园尚在，而湖早已淤塞填平了，只能从这名字中体会荫浓烟柳藏莺语、香散风花逐马蹄的水香水色了。

对湖路前面就是马厂街，拐进一条弄堂，两米来宽，两边墙底是块石基础，上面是斑驳的白石灰墙壁，白灰墙里锁着一座青砖的西洋风格小楼，这就是建于 1932 年的忠庐，远远地就能看到院子里满楼墙的爬山虎藤叶在晶光闪烁的清风中任性地摇曳，几竿修竹在大榕树的须根下轻摆，窄窄的门檐上丛生着杂草，从虚掩的墨绿色木门门缝里望去，几株百年芒果紧紧围着两层的青砖小楼，据说这些青砖都是从日本购回砌筑的，忠庐的建造者许省庵曾留学日本，回国后任福州电气公司会计师，现在守着忠庐的是许省庵的外孙应荣荣，他说这里住过辛亥革命志士黄展云和堂兄黄翼云，20 世纪 70 年代，蒋介石和宋美龄的英文秘书吴淑贞亦在此居住了十年。忠庐寂静，唯有青砖上的层层绿苔透出年轮。

沿着白色的墙蜿蜒向前，阳光忽明忽暗地洒在身上，我眯着眼睛，慵懒地行走，在思绪中臆想着小巷中曾经发生的故事。过了拓庐墨绿色的正门，便是梦园的后门，唤作"梦园别径"。而要寻梦园的正门，就要转入康山里了。

康山里是一条窄而幽深的巷道，六七十厘米左右宽的青石砌成的路面，泛着亮光。因了梦园，这窄窄的巷有了浓浓的文艺范。若是下着蒙蒙细雨，总会让人忍不住幻想着有撑着油纸伞结着丁香气息的女子与你擦肩，而梦园就在转角处。梦园从建造形式和外观上看，应该属于欧洲古典时期建筑风格，并带有一些古希腊建筑特征，院里主楼第一层券廊的石阶叫梦梯，这种入口处室外小梯的设置又类似于印度的殖民地建筑。楼后的小园子隐藏着一口古井，青砖垒成的井壁，砖缝里的青苔和花草见缝就长，一些沾满氤氲之气的枯叶散落在井底，一种古典气息里泼洒出的湿淋淋的水气依希可辨。挂在墙上的摄于1930年的梦园老照片，可看出梦园当年的新俏，满庭的花卉，仿佛散发出阵阵清香。

梦园的主人叫叶见元，是马来西亚婆罗洲华侨，基督徒，叶见元当年曾随孙中山参加过辛亥革命，成为同盟会会员，梦园成为革命的联络据点，梦梯下逼仄的楼梯间里，油印机沙沙作响，一份份进步刊物散发墨香。孙中山先生来福州时就住在梦园，梦园之梦，亦是进步之梦、革命之梦、兴国之梦。

从马厂街到康山里，一路我邂逅了忠庐、拓庐、硕园、爱庐、可园、以园、梦园……俨然是清末民初的一道文艺风景线，谁家姑娘一双素手轻轻推开临街的木窗，挥出半个身子，一袭素雅的旗袍透出明媚的光，亮了檐瓦上的兰草，亮了马路上的青砖，亮了小巷身后长长的光阴。

出马厂街至麦园路，从此处望去，明代时你眼之所及遍植梅花，诗云：藤山南北万株梅，十里浮香壁月来。清初梅林毁于战火，乾隆年间垦荒种麦，故名麦园，巷子中一棵高大得惊人的老榕树参天而立，显得极为突出，树冠宽阔婆娑，枝叶交横着掠过整条道路，须根密密麻麻，齐整地一排排垂落下来，好像在树干上挂满成百上千条的麻线。透过老榕树横过的院墙，你能看见两幢相连的古朴的建筑默立园中，这就是建于1854年的美国领事馆，东侧的领事馆办公楼砖木结构，高雅明快，西侧的领事馆官邸为方形平台，地上二层，东南两面设外连走廊，四坡屋顶，带阁楼，清水墙面，乳白色窗户，颇具欧洲新古典主义风格。

一路行到顶，即至乐群路，你就能看见一座三层红砖西式洋楼，这就是"文革"后中国第一所省级神学院"福建神学院"，1941年福州的美以美基督教会改为卫理公会，总部即设于此。再往前行，就是创建于1881年的英华中学，美志楼为罗马旋门式红砖灰瓦三层建筑，与它遥遥相望的是一座哥特式红砖建筑的礼堂。当年郁达夫在英华中学礼堂为师生作题为《文艺大众化与乡土文艺》的演讲，林徽因在这里作了《园林建筑艺术》的讲座。英华中学在一批思想进步开明的爱国人士的引导下，百年来培养造就了13位院士等一批卓越人才，改变了当年福州士人的知识结构和思维方式，推动了传统教育向近现代科技教育的转变。

从乐群路出池后弄便是仓前路的天安里古巷道，巷道修建于清代，一条长达127级的石板阶直通山顶，石阶的边缘已被磨蚀得呈不规则的锯齿状，石板上留下了深浅不一的印迹，记录着悠悠岁月里，多少人于脚底一寸寸地丈量时光，在清莹里静静地沉淀出一种沧桑的质感。步履轻轻地徜徉于这样一个被古建筑群包围的巷道里，空气中仿佛蕴含着某种独特的情感，似乎能洞悉人生的坎坷与悲欢。仰望古巷道的尽头，十字架在逆光中肃穆庄严，仿佛要穿透苍穹般去一窥天堂的神秘，这就是天安里的天安堂，这座哥特式的建筑建于1856年，由美国传教士麦莉和博士筹款建成，是美以美会在福州创建的最早教堂，也是在整个东亚建造的第二座教堂。现在看到的天安堂是1996年教会自己拆毁百年老堂重建的，挑高的门厅和气派的大门，圆形的拱窗和转角的石砌，尽显雍容华贵浪漫与庄严的气质，但已没有了岁月长河留下的或深或浅的痕迹。

在天安堂的不远处就是石厝教堂，一群青年男女在那棵有着300多年历史的银杏树下玩得不亦乐乎，金黄的银杏叶纷纷扬扬地洒落，铺就了秋的色彩。这座石砌的哥特式教堂建于1860年，由英国基督教圣公会建造，当时称圣约翰教堂，教堂仅一层，外形高耸，房顶左右由单塔与双塔相连，全盛时期，单塔顶部砌有钟阁，内置铜钟，石壁上有六扇窗户，顶端呈弧形尖突的几何图案，窗户上镶嵌着花式窗棂及五彩玻璃。教堂早已停止了弥撒，一切都尘封在岁月的深处，曾经的气场如今已随风飘散……

有人说，在烟台山上还有比爱国路 2 号身世更为复杂的建筑吗？此话不假，爱国路 2 号在福州近现代史上频频亮相，以不同的身份记录着历史。这座融合了西方古典主义、巴洛克、殖民地式等多种风格的建筑建于 1863 年，这里最早为 J. Forster 洋行所有，在福州经营茶叶生意，后几经易主，在 1891～1928 年近四十年间作为美国领事馆使用。时任美国驻福州的领事葛尔锡曾写信给美国助理国务卿，强烈建议买下爱国路 2 号，信中提道："这座房子是港口最好的，装饰华美，居住舒适……并坐落于洋人区中部，与各大领事馆往来便利。"

走进即将修葺完成的爱国路 2 号，一棵巨大的百年香樟树宛如一把撑开的绿伞，散发着沁人的叶香，树下一层层的梅花形喷泉缓缓滑落的清泉荡漾起小小的涟漪，四周一丛丛的冬青在微风中发清发亮，湛蓝的天空下，高大的欧洲古典复兴式雪白建筑历经岁月的剥蚀，依然真切地站立，在这里可以俯瞰烟波浩渺的闽江，尽收方圆十里的世相景致，令人有一份说不出的舒适和宁静。

位于烟台山顶西侧的乐群路 10 号就是当年英国驻福州领事馆，1844 年英国首任驻福州领事李太郭从乌石山积翠寺迁到仓山，次年，在乐群路建设领事馆，1870 年，又在马尾的马限山上建了一座分馆。1967 年乐群路的领事馆被拆除，仅剩基础底座，从保存在福州市档案馆摄于 1860 年的领事馆照片看，当年，领事馆为坐北朝南的白色欧式双层木结构楼房，端庄大气，上下两层各分四大开间布设，共计 8 间，周边均为通廊贯通，窗、门为长方拱形设置，办公楼西向建有一座正方形双层欧式白色住房，沿坡建有英国式单层宿舍。然而，这一切都已灰飞烟灭，听任岁月悠悠，芳草斜阳。

乐群路往东就是梅坞的地界了，梅坞作为一个地名，泛指烟台山东坡的梅坞路、梅坞顶及梅峰里一带。旧载梅坞一带明代盛栽梅花树，称为梅花坞，后简化为梅坞。人们到此，无须问路，只要问梅，便可上梅坞来，明代诗人谢肇淛《藤山看梅》诗曰："不识山中路，逢人即问梅。繁枝围屋隐，老干压墙头。瘦藕轻烟外，开须夜雨催。春光未衰谢，携酒想千回。""梅坞冬晴"成为古代福州南台八景之一。至于梅坞之梅如何被毁，民间有个动人的故事，传说，清顺治年间，郑成功军队被清军围困于藤山，时值隆冬，粮草断绝，将士们饥寒交迫，这天深夜，忽有一群如花似玉的姑娘飘然而至，手撒梅花瓣，纷纷扬扬落地化作仙果，让将士们充饥，郑成功醒来大呼："梅仙助我，没齿不忘！"后来，郑成功顺利突围，清兵进驻藤山后，听说是梅仙助郑成功一臂之力，便下令将梅林焚毁，从此，梅坞山渐荒芜，梅无踪迹。这古时极其雅致的地方现在被辟为烟台山公园。公园正门入口处，旧时是明真庵，入梅坞赏梅的人都会在此小憩，但此庵已没入历史的尘埃，只能在丛丛杂草中臆想着这里曾经发生的故事。

烟台山的道路随着山势起起伏伏，弯曲迂回的甬道和小径，排列着一连串百年以上极具保护价值的院子、庐、园、公馆、小筑、精舍、楼、堂……总数不下二百多幢，把这座方圆不过二三十公里的山地打造成了建筑的艺术空间。有人说，烟台山是仁义之山、名医之山、近现代文化教育启蒙之山，是神性之山、母爱之山、避暑胜地，到烟台山可以看万国建筑、南台四景、烟台山十景，走深深小径，品小园春秋……

烟台山历史风貌区保护改造项目已经启动，将融合近现代历史文化、百年万国建筑、传统山地街巷、三大公园系统、时尚休闲商业、文化创意艺术、江畔精致生活为一体，以都市时尚生活美学为核心的复合型休闲商业形态，形成传统与时尚碰撞的文化公园艺术商业街区，打造历史街区复兴的城市更新范本，让烟台山再次成为福州当下城市活力的前沿，成为城市魅力的名片，成为城市发展动力的典范。

沿着被一幢幢古老建筑挤压成的瘦瘦的小巷往回走，踩着一级一级发出圆润光亮的石阶，如同踏在琴键上，弹奏着一段最古典的乐曲，你可以沉醉其中，目不斜视地穿行于浮生流年，如同光阴百年如一日地在这巷道中踱出的方步，慢悠悠且悄然无声。是啊，古老的建筑是一种文化符号，它承载着沧桑与历史的记忆，透露出地域文化的神秘气息，给人以心灵的抚慰和情感的追忆。

将石成玉

从邵武市区出发，向西南方向前行五十公里，便是将石省级自然保护区。保护区总面积达 1．2183 亿平方米。这里怪石奇岩、幽泉清流、青树翠蔓、鸟兽遨游……素有"泰山之奇，武夷之秀"之美誉。

车子停靠在将石自然村的村口，朝阳洒向村口的两株高大的枫香树，繁茂的枝叶在风中摇晃着，洒落下片片的金光，仿佛有丝竹之音从浓郁如帷幄中隐隐传出。这是一座有近千年历史的城堡式古村落，漫步在清幽的古村，眼前是明清遗留下来的翰林第、大夫第、吴氏宗祠、阙氏宗祠……因为年代久远，很多建筑都显得残破，有些房屋的横梁都已经坍塌。然而，你还是可以从外墙的砖雕、屋内窗户的木雕和础石的石雕上看出当年的辉煌。这些雕刻的图案有松、鹿、鹤、梅等，皆为吉祥美好的花卉动物图案。这些雕刻多为镂空，亭台楼阁、树木山水、人物走兽、花鸟虫鱼，集于同一画面，显得玲珑剔透，错落有致，层次分明，栩栩如生。

大部分的房子房门紧锁，锁上锈迹斑斑，透过窄窄的门隙，我恍然看到老人在厅堂上谈笑，女人在灶台上忙碌，孩子在院子里追逐，燕子在屋檐下筑巢，春花在阳光下绽放……然而这一切都已远去，只有青石板的小径似乎还能听见尚未消灭的跫音。

偶遇一位老人，他瞪着一双昏黄的眼睛打量着我说，都走了，都搬到儒林新村去了。是啊！把"儒林"两个字搬走了，而把曾经的辉煌留了下来，儒林二字如脐带，连接着过去和现在。一个村庄要有文化的印迹和传承，否则，那还叫村庄吗？

从村子里出来，向前方望去，不远处是一座呈倒扣碗式的山峰，云雾缭绕，如梦似幻，这就是仙人台。山体为暗褐色，崖壁上大小洞穴数百个。由于砂岩质地疏松易于修整开凿，当地古人多以崖穴为家，保护区内的斋公岩崖居遗址和水金岩崖居遗址，保存着古人类活动的踪迹，古朴而又神秘。相传，在明末清初，将石村有一位穷书生爱上村里的一位富家小姐，但他俩的爱情受到女方父母的强烈反对。书生刻苦攻读，本想金榜题名后，风风光光地与小姐结成一段姻缘，可曾想书生屡屡落榜。在这种情况下，父母逼着女儿远嫁他乡。这对恋人绝望了，便登上仙人台双双殉情。从此，一出"梁祝"式的爱情悲剧便定格在此。

伫立崖上，云蒸霞蔚、流岚飘逸，臆想着距今约三亿年前的晚三叠世，板块的相互作用，巨大规模的火山喷发和岩浆浸入活动，形成了这里绵延千里的岩浆岩带。晚白垩世以来，板块的运动方式发生改变，使地壳发生拉张裂陷。而大自然用一双巨手，一副伟力，又在这坚硬的石头中劈出一道道深深的沟壑，把石壁锐利的锋芒磨成钝拙。年复一年的风雨侵蚀，山岩在磨洗中深陷凹凸，甚至披上黑色的外表，清癯而高冷。风雨把坚硬剥蚀风化，可谁也无法看清那只隐藏在时间背后的手，留下的只有沧桑和记忆。思绪在时光隧道中可以想象出千百种可能，而对于蕴含在深处的生机，我们只能俯下身来，低眉敛目。

山风把衣袂扬起，远远望去，奇峰怪石高耸而密集，形成了鸡公山、五虎朝狮、骆驼峰、田螺石、牛鼻石、和光岩等千姿百态的自然景观。一对白色的鸟拖着长长的尾羽，从我眼前掠过，倏地隐入林子深处。保护区已发现鸟类有 68 种，其中白鹇、赤腹鹰、短耳鸮和鹰鸮为国家保护的珍稀鸟类。另外，还有哺乳类动物 18 种，爬行类动物 30 多种，昆虫 728 种，不少昆虫品种填补了国内空白，成为我国小区域单位面积上野生生物物种和稀有物种资源较为丰富的区域之一。

仙人台脚下有一座叫锦溪窑的明代古窑，已有400多年的历史，传说在明朝末年，景德镇一位制碗师傅手艺精良，其祖传工艺制作的糯米青花瓷碗，轻薄透明，晶莹剔透，曾是朝廷贡品。清兵过江之后，他不愿为清政府卖命，隐姓埋名逃到锦溪，被此地的奇秀风光吸引，便定居下来并开设了瓷器作坊，这就是锦溪坊，也称古龙窑。据说师傅刚开始制作的是糯米青花瓷碗，一次险些被官府发现，差点引来杀身之祸。为保子孙平安，师傅后来就改制普通百姓家用的粗瓷大碗。经历了从御用到民用的心路历程，这门古老的制碗工艺，就在锦溪世代相传。从练泥、拉坯、制坯到刻花、施釉、烧窑、彩绘，都采用最原始的设施，如利桶、轮车、模型、窑具等来完成。那悠扬的水车声，似乎在诉说着这段美丽动人的历史传说。

如今，锦溪坊建起了陶瓷博物馆。来这里探访的人们，若有兴致的话，可亲自动手参与各种瓷器的制作和烧制。让温润的胚浆滚过自己的手指，按照自己的灵感随心所欲捏制想要的器物。时间如温润的胚浆从指间滑过，悄悄地让你几乎感觉不到它的流逝。

流过古窑的锦溪，散落着不计其数的瓷器碎片，这些历经四百多年的碎片，有白的、棕的、红的、黑的，大多为圆形的碗底、瓶底、罐底和坛底，厚重细腻，气质朴拙。一些古碗、古瓶的残片上还留着青花纹饰，写意的花卉上沿处是一道青花线圈装饰。抚摸着这些光滑的残片，仿佛触摸到了那段发黄的光阴和金光四溅的开窑瞬间。锦溪收藏了一段泥与火的故事，因此也被称作碗底溪，成为保护区一道文化符号。

蜿蜒曲折的锦溪，穿行于群山峡谷和岩体裂隙之间，形成一条长约7.5公里，水面宽1.5—10米；溪底深浅不一，辗转九折十八弯的溪流。溪水清澈见底，几尾小鱼在水中畅快的追逐。我轻轻捧起溪水抹脸，溪水好凉，滋润着我干燥的脸。将手浸进溪水里，溪水清凉了我的神经，也清醒我的神智。饮一口清溪水，甜丝丝，润心润肺。

登上竹筏，顺水而下，树色遮绿了天，也映绿了水，锦溪成了一条水灵灵的绿色通道。时而明媚，时而阴暗，阳光透过枝叶，光斑浮动，似碎石洒落。树林间不时露出一两面丹霞岩壁，岩壁上往往高悬着数个甚至数十个洞穴，那是溪水侵蚀、风化剥蚀的地质奇观。到底是大家手笔，那些洞穴看似随意点染，却是一派诡异之景，有的似雄狮怒吼的大口，有的似鬼怪空洞的眼窝，有的状如密布的蜂巢，有的似断垣残壁上破败的门窗。我问筏工，洞里是否有动物？他说：这么险的地方，只有鸟儿可以筑巢。我顿时羡慕起鸟儿来，这是怎样的世外桃源啊！

两岸乔木、灌木丛生，百年老树脚下粗壮的根径紧紧攘着崖壁上薄薄的土壤，虬枝苍劲，墨叶翠郁。长叶榧、香果树、银杏、水桧、红豆杉等国家一、二级重点保护的珍稀树种会一一映入你的眼帘。同行的保护区工作人员告诉我，整个保护区的森林覆盖率为 93.3%，维管束植物 165 科 457 属 1309 种，属于国家重点保护野生植物有 19 种，特别是长叶榧仅在浙南、闽西北少数地点有零星分布，濒于灭绝，但在将石保护区内有成片分布，尤以锦溪沿岸陡壁上最为集中，也最为壮观。

筏工指着岩壁上一丛丛毛茸茸的草说，它叫还魂草，拔下它随便搁在哪里，没水没土都没事，即使干枯如槁似灰了，只要将其放入手中，抑或泼洒些水，它立刻水灵灵地鲜活起来，盈盈的充满生机。空气中弥散着醉人的清香和盈袖的芬芳，满满的绿意染遍了清溪的两岸。

溪水宽狭缓急，石壁开合高低。湍激和平稳的溪流一张一弛，被两岸的峭壁规范着走向，在摆脱和不被摆脱中相持前行。它只知道跟着流淌，一往无前没有选择，水也就在这流程中完成着使命。生命亦如这溪水，走过的路不再重复，无法回流。

离筏登岸，沿着峡谷石板小径往前走，晓寒深处，山峦叠翠，古木参天，路边草丛中泉水叮咚，清澈凛冽。至一隘口，两边绝壁直插云天，若巨人对峙。中间一道石头砌成的古城墙结结实实地堵住了峡谷的入口，青苔奇藤遍布其上，越觉古朴森严。城墙宽不过两丈，厚达五尺，高亦丈余，内有石阶可达墙顶，顶上原建有礁楼，现已不存，唯有石壁上几个安梁立柱的洞窟幽幽地如瞪着的眼睛，注视着来来往往的过客。

走进城门，湿气弥漫，草木葳蕤。满是青苔的岩壁上有"中国兰花第一谷"几个题刻，看不出是哪位大师的墨宝，但字颇见功力。兰花谷的兰花是天生的，非人为种植。天生的兰花杂在草丛、树丛间，甚至长在满是寄生橛的大树上。你不仔细看，还真是看不出来，但只要你认出来，那就是一株又一株，秀秀气气、羞羞涩涩、亭亭玉立、超凡脱俗。"自古幽兰空谷香，不将颜色媚春阳。西风寒露深林下，任是无人也自香。"漫步于兰花谷，感受数千年来兰花文化的神奇魅力，观赏目前保存最为完好的、面积最大的野生兰花生长群落，见识国内外数百种兰花品种，仿佛置身于兰花的王国。丛丛暗香袭来，给人一宗清闲飘逸般的陶醉。

接近峡谷深处，一方数十米高的摩崖石壁矗立一侧，石壁上"江氏山庄"四个楷书大字赫然醒目，字大六尺，遒劲有力。石崖缝间灌木丛生，长长的藤蔓悬在空中，随风轻轻地摇荡，让人感觉无尽的沧桑。相传清朝嘉庆年间，大埠岗江富村有个财主叫江敦御，常年在南京、杭州一带经营纸业和布业，富甲一方。江敦御是个有名的孝子，每次回乡，第一件事就是去看望居住北堂的八十岁老母，并向母亲叙说在外的见闻，夸赞六朝古都南京建筑如何奢华，风景如何秀丽。老人听了羡慕不已，也就有了去南京等地一游的想法。江敦御担心母亲年事已高，路途遥远，恐出意外。为了却母亲心愿，江敦御买下位于樵杉驿道（邵武至泰宁）旁峡谷处的三百余亩土地，延请能工巧匠，仿照南京皇家园林格式进行打造，并拦河筑坝将峡谷内的锦溪水倒流，形成人工湖。远远望去，亭台楼榭、曲径通幽，宛如仙境，让老母亲在这里安享晚年。只可惜江敦御后人经商无方，逐渐家道中落，而江氏山庄地处天成岩深处，路途遥远，无力维持。百年的风雨侵蚀，地面的建筑已荡然无存。

穿林越涧，我努力寻觅当年山庄的繁华。然而，残砖碎瓦，苔藓绒绒，墙基石础，藤蔓丛生，枯藤落叶覆盖了斑驳的沧桑。往日的繁华，已随着涓涓的溪流漂进峡谷的深处，了无痕迹。面对青山，我心豁然，世态万变，青山不变，再高的权贵，高不过山，再矮的山岭也会高过海面。

出了峡谷，便是丹霞雌雄一线天。狭路峭壁，蜿蜒各姿，抬头仅一线蓝天。据说在傍晚的时候还可以看到飞狐在一线天天空穿梭飞越。狭窄的石阶，青青的石壁，述说它们那遥远的故事，湿湿的青苔，飘动的岩草，让你感受到岁月的古老。要有怎样的鬼斧神工，才能凿劈出这样的石缝路，让后人"穿越"这亿万年的古道。

一线天不仅窄，不少地方也奇陡呈九十度，好在两侧的人工护栏，可以借力，也增加安全感。都说一线天是个提炼、增加勇气的地方，今天也算体会。面对陡而窄的石阶，只要腿不软，只管登攀，如若腿软，歇口气，继续登攀，因为这是一条不能回头的路。

将石自然保护区宛如一方人工打造的精致盆景，通透、灵动且不乏其内涵。天成岩山脚下有块百年前用青石雕成的"天成岩禁碑"，向后人昭示了将石这块自然保护区之所以能存留至今的文化密码。山因水而长青，水因山而秀美。山与水的交融与永恒，是静与动的搭配，是智与仁的呵护。

　　历百多年守护，经三十载雕琢，将石，这方璞玉，终"理其璞而得其宝"，将石成玉。但愿这方宝玉，永远都这么洁净无污，永远都这么熠熠生辉。

静静的八峰湖

从洛江区罗溪镇政府驱车往北，沿着整修一新的水泥路蜿蜒向上，车窗外多角度切换着画面。那一片片的庄稼地，那一棵棵的绿树，那一幢幢的新式楼房，从你的眼前一闪而过。久居都市的人们，都具有对新雅生活的一种向往，当你徜徉于郊外与田野之间，与大自然亲密接触，就会忽然发现生活的另一种境界，自然情怀与新味生活的绝妙演绎。此时，我静静地望着窗外，在静静中，期待着目的地，在蒙蒙中，向往那片静水。

车子驶入八峰山，远远就见一座巍然的大坝横贯于两山的溪谷之间，气势磅礴、宏伟壮观。坝顶呈弧形，弧形凸向湖面，截断了晋江东溪支流的罗溪上游段，形成了总库容达 962. 73 立方的高山平湖。

我们来得很早，轻纱般的晨雾罩在湖面，使她显得更加妩媚。幽静中，隐隐传来沙沙的声响，不知是捕鱼的小船在游弋，还是从酣梦中醒来的鱼儿在嬉戏，或是湖水的心弦让那轻轻的晨风拨响。

少顷，阳光的万条金线撒向湖面。雾渐渐散去，湖面上便泛起了嶙峋的湖光，一点点、一道道、一团团……使湖面变成一个巨大的金光闪闪的明镜，闪耀着，跳动着，显现出变幻莫测的图案。不知过了多久，波光隐去，湖水变得清纯明亮，那样的沉静，那样的含蓄，将山川秀色、蓝天白云统统地摄入了自己博大的胸膛。

沿着坝顶缓缓前行，满目青山滴翠，碧波荡漾。靠近坝根的水清澈碧透；中部的水银光耀目；再往远看，那水，淡蓝、青蓝、深蓝，一层深过一层。凝视浩瀚的碧波，遥望连绵的群山，吸吮着水库清新的空气，心仿佛如被湖水涮过一样，晶莹剔透，纯净皓洁。

四周是那样的寂静，啪啪的击岩水音都显得清脆悦耳，水是那么的洁净，净的可以看得见砌坝的石块。再看看那涟漪泛光的水面，我很诧异，这么宽阔的水面竟然没有一丝飘浮的杂物。离大坝不远处有一片湿地，堆放着许多不规则的石块，似乎是人工打磨过，表面略带光滑。石头上卧着一棵大树的枯木，枯树的一头探进水中，我想这是修坝工人的杰作，还是一个不经意的摆设。然而，在这一片没有杂物的水面上，却让我产生了对此景致的欣赏，感觉它就是一个雕塑、一幅油画，就是一件艺术品。也许飞鸟停站枯木上，望着这一片静水，小憩片刻，或是在石块中寻觅着自己的食物。也许"枯木卧水吮源，侥盼绿芽冒尖"的奇迹会在这里发生。

我来到大坝的西头，这儿的水更浓更酽。透过水波纹往深处看，有数不清的鱼儿自由自在地游来游去。那鱼时而摇头摆尾，时而吐出几串水珠，时而又跃出水面，溅起雪白的浪花，荡出阵阵涟漪，玩的那样开心，那样的无拘无束。

忽然间，一只花色羽毛的小鸟从林子里窜出，擦着水面低飞，只见它时而用那微翘的短尾拍击水面，时而又振翅腾空，忽高忽低，那么随意，那么自如。我简直看呆了，两眼紧紧地盯着那只鸟。

湖边的山，翠得让人心仪。满山的松柏起伏，竹海激荡，密密麻麻地掺在一起，争先恐后地张扬着它们沁人心脾的绿意。一丛丛夹杂在绿色中的榛子花，弥漫着淡淡的清香，随着水波飘荡出好远好远。

这时，一叶小舟驶出绿荫，破浪而行，我真不愿它把那绿莹莹、亮晶晶的锦缎剪成碎片。提着心细细去看，"船行丝锦裂，桨动浪花飞"。在小舟的尾部留下了清晰的人字形波纹。少顷，那碎裂的锦片又慢慢地融合了，仍旧是那样翠绿晶莹，鲜亮耀目，宁静可人。

来到大坝的中部，这是大坝的最高点，达 67.5 米，逼人的气势让人心生敬畏。每到汛期，湖水暴涨，五个闸门会启动泄洪，碧绿的湖水倾泻直下，在山谷间，飞散成千万银珠，晶莹剔透，扑向山崖，像蒸汽升腾，直冲云霄；又像从九天飘下的银缎，顷刻间化为无数的银珠撒落玉盘。其声势如虎啸山鸣，又如玉龙腾空，蔚为壮观。可惜，来得不是时候，只能从描述中去体味了。

陪同的福建省水利投资集团泉州洛江水务有限责任公司总经理李高明告诉我，八峰水库工程是省市重点水利建设项目，是以供水为主结合灌溉的水利枢纽工程。2013 年 5 月开始进行大坝主体工程地基开挖及坝体砌筑工作，2016 年 12 月通过完成验收，质量达到优良等级。2018 年 5 月正式下闸蓄水，8 月 16 日水库蓄满溢洪。主体工程拦河坝为砌石双曲拱坝，坝顶高程 206.5 米，最大坝高 67.5 米。坝址以上集雨面积 34.04 平方千米，正常蓄水位为 202 米高程，总库容 962.73 万立方米。八峰水库下闸蓄水后将与上游的东畲、前洋水库联合调度，日供水能力达 3 万吨，并可灌溉下游 2500 亩基本农田，成为罗溪镇直至洛江区重要的工业、生活供水水源和主要的灌溉水源之一，也成为泉州市的第三座大型水库。

李总长长地吁了口气说，目前，八峰水库已由建设阶段转入试运营管理阶段，接下来将开展一系列的供水区域及需求调研，评估供水线路走向，尽快实现生活供水。他望向湖面，情绪略显兴奋，等到水库运营走向正轨后将开发库区生态旅游。人们可以在这里体验垂钓的乐趣，还可以泛舟湖中领略激滟的湖光，空蒙的山色，亦可以品尝到由这番"自然本天成"的优良水质所滋养出来的鲜美的水产。

同行的罗溪镇人大何主席高兴地说：生态旅游区的开发，也将拉动当地经济的发展，为当地群众增加在家门口的致富之路。同时为了保证水库建成后的良好水质，我们当地政府将认真做好源头的管理工作。他建议我到水库源头唯一的村庄洪四村走走。

车子沿库区公路往上游方向行进，一边是郁郁葱葱的杉木松木林，一边是陡峭的库区护坡。那山水之间的石壁，错落有致，宛如一段段石墙环绕着湖水。湖泊依偎着青山，顺着山形走向起伏蜿蜒，逶迤曲折，似有无限柔情。湖水碧绿幽蓝，波平可镜。举目四望，青山如黛，峰峦叠嶂，雄峻奇秀。山因水青，水因山秀，山水相映，清幽静谧。远远望去八峰山好似花冠一般戴在它们的头上，连轻盈的湖水也变得婀娜多情，荡起了层层彩色的涟漪。

对面的山腰上蜿蜒着一条旧公路，镇人大何主席告诉我，过去洪四村交通非常闭塞，到镇区去要从前洋岭的一条崎岖小路爬过。20世纪60年代村干部带领群众，土法上马，用小竹竿当水平仪，以去干过漳平铁路的村民为主要技术力量，开山炸石，用大锤钢钎，硬是在峭壁上开出了一条简易的路胚。一代又一代的洪四人不懈努力，不断地一点一滴的加宽、裁弯取直、硬化，直至2001年终于使罗洪公路变成了平坦的水泥路。

当你行驶在因修建八峰水库而重新建设的宽阔的新罗洪公路，府视这条旧公路时，你难以想象当年仅用目测就能如此精确的开出一条路，也难以想象洪四人为走出大山而历经半个多世纪的艰辛创业。如今这条旧公路的很大部分已淹没在八峰湖中，但洪四人的筑路气魄将载入史册，激励一代又一代的洪四人去拼搏！去奋斗！

约莫十多分钟，我们在一座彩色牌坊前停了下来，牌坊的正中间写着洪四村三个大字。这是一个宁静、秀美的村落，与仙游、惠安比邻，四面高山，中间两溪汇合，形成依山傍水的盆地。山脚下是一排排新建的房屋，全村4975人，拥有2.7万亩山林，是福建省水资源一级保护区。

村的西边，八峰、东厝、前洋三座水库连接环绕，汇集罗溪源头，水质清纯甘甜，是天然矿泉水。目前，村里建起了七个小型污水处理站，家家户户都安装了专用的排污水管道，经由管道，生活、生产污水直接流向小型污水人工湿地下的处理池，采用复合生物水处理系统，经过层层过滤除污之后，达到排放标准的废水才能最终流向溪流，保证水库源头的良好水质。

距目光最近的地方，是进入村子的一条整洁的水泥路，太阳从绿树的缝隙中洒进一道道金光，映照着蓝得透亮的天空。清风拂面而来，夹杂着丝丝泥土的幽香，一股凉凉的空气，随着深深的呼吸沁人心脾，让人满心舒畅，有一种说不出的舒服。

村的中间有一座建于 20 世纪 50 年代的洪四影剧院，是全区唯一的村级影剧院，也是全市唯一保存下来的一座具有现代文物价值的影剧院。影剧院外墙用当地的青石、红砖、青瓦砌成，出砖入石，古色古香。影剧院不远处就是始建于明朝嘉靖年间的昭灵宫，整个建筑具有莆仙民居风格，宫中敬奉着道教三清大帝、圣妈祖、武安尊王等，形成多教合一的共存现象。几经沧桑，几度兴废，昭灵宫至今仍比较完整地保留了历史原貌。宫外有口老井，以及放生池，溪有字纸亭、放生碑，处处体现了人与自然的和谐，成为全省罕见的小型宗教博物馆。

村的东面，并梧岭顶的三界亭，是仙游、惠安、洛江区的界亭，也是古时候私盐交易的好地点。食盐从惠安山腰盐场由人工挑运至此交易，再转运到永春、德化等地，形成一条盐商产业链。从三界亭放眼望去，森林如绿色的流云，沿着山坡，跨过深壑，跃上峰峦，势不可挡地席卷天内天外。

今天，经济建设的大潮裹挟一切地域，但偏僻的地方与通衢大邑和沿海经济发达地区相比，因为硬条件不足，往往慢上几个节拍，滞后若干年。这种时间差，从好的方面讲，可以借鉴发达地区在发展中的教训，不走或少走弯路，不用交付巨额的"学费"，正所谓：绿水青山也是金山银山。

洪四村支部书记黄水杨激动地说，我们正借力八峰水库的建设，规划生态种植旅游工程，已成立了花卉农民专业合作社，整合村中的苗木花卉资源。目前，全村种植面积达830多亩，培育了10个基地和90多户花卉种植大户，种植各类花卉苗木40多万株，涵盖了红豆杉、桂花、山茶花等30多个品种。黄水杨还告诉我坝潭溪整治工程还在持续，拟投入大约300万元，建设1公里长动静结合的滨水景观带。设计溪沟亲水平台、慢行木栈道、景观亭等，种植两岸绿化树木及景观花卉。八峰水库既提供安全的饮用水资源，也让人民群众的生活更加舒心。水库建成以后，吸引城里人来休闲度假，他们既能来赏花，还能在这里体验乡村宁静生活。

红顶黄墙的小型污水处理站，坝潭溪前翠色欲滴的人工湿地草皮，清可见底的坝潭溪水，村中随处可见的垃圾屋、挥动扫把清洁街道的村民保洁员与街边矗立起的瓷砖饰面的座座小洋楼，共同构筑起这个库区上游洁净、祥和的村落。

洪四村印证了这一点，僻远的地理位置让洪四村有幸保留了满目青山，保存了众多古风古韵和古建。保存一个良好的生态环境，就是保存了一个后发优势，这种优势是自然的，也是人文的。

好山出好水，好水蓄好湖。我们重返八峰湖时已是傍晚时分，晚霞给湖面披上了蝉翼般彤红的光彩，染着金辉的云朵倒映在湖水中，宛如鲜艳夺目的彩缎。此时的八峰湖显得更是如此温馨，更是如此幽然，更是如此宁静。

人的一生，何尝不是永远在路上，在不停地寻找和期待着什么。忙忙碌碌，行色匆匆，神情落寞，怀揣着尘世的苦恼和烦忧，那么你不妨来到八峰湖，这块泊在群山之间的晶莹的碧玉，体恤着每个人的落寞和忧愁。在这里你可以比作水中的小鱼、空中的小鸟，自由自在，安放一种美好。在这里，你可以真切地领悟，什么才是诗意的栖居。

有些人，舍不得用一生去忘记；有些地方，舍不得一次读完。八峰湖，就如同一本静谧之书，洁净之书，心灵之书，也舍不得一次读完，我会时时读读深藏在深山里的这一本不一样的书……

目光里的泮境

深秋时节，热情好客的何英大姐邀我们到她的老家龙岩上杭泮境乡泮境村走走，去追寻纯朴的乡韵乡趣乡乐。

在这样的地方，适宜将眼睛想象成一部摄像机。目光的收放，仿佛镜头的伸缩，将不同距离的目标一一捕捉摄录。

此刻，从站立的地方望去，周遭是绵延不绝的青山，层层叠叠地偎依着，如瓣瓣莲花簇拥着扑面而来，而脚下这个不高的山岗，恰如莲花的中心，真是个神奇之境。这个山冈有个名字叫风灯岗，据说是因为远远地看去，这个山冈的形状像是古时人们使用的油灯。然而我更动情于关于风灯岗的神奇传说。相传很久以前，村里一名女子婚后未育遭家人遗弃，她便隐居在这片山中以采摘草药为生。因为怕黑，夜晚就用松明火把照亮自己。一次外出采药时，忽听到草丛中传来婴儿的啼哭，她寻声而去，发现一件破衣中包着一个出生不久的兔唇男婴，她把婴儿紧紧地抱在怀里。此后，她精心抚养，如同亲生。婴儿渐渐长大成人，母亲就教儿子做豆腐，他们做出的豆腐细嫩香甜，远近闻名，日子一天天好起来。可是天有不测风云，一次，母子俩在卖豆腐的途中遇到猛虎，母亲为了保护儿子，被猛虎夺去了生命。儿子悲痛欲绝，他知道母亲怕黑，从此，儿子每天天黑之后都举着松明火把到母亲遇难的地方去哭拜母亲。天长日久，儿子把眼睛都哭瞎了。一天，瞎眼儿子又举着松明火把摸索着去陪伴母亲，忽然，一阵狂风把他手中的火把吹灭，他仰天哭喊着："老天呀，让我化作一盏永不熄灭的灯，在这里陪伴母亲吧！"顷刻间，山风呼啸，飞沙走石，一位鹤发老人飘然而至，轻轻地抚摸着他的头："孩子，你的言行感天动地，就让这半径方圆 5 里变成莲花峰，你就在那风灯岗上点亮一盏永不熄灭的灯吧，让孝心永存。""半径""风灯岗"的故事从此代代流传。多年以后"半径"成了"泮境"，而风灯岗依旧是风灯岗。

如今，风灯岗上伫立着一尊 15 米高的三面观音石像，她慈眉善目，俯视着脚下的这方净土，这不就是一盏至善至美、至慈至悲的灯吗！几片轻柔的浮云在眼前悠然地飘动，像小船一样轻轻地划过……

沿着宽 3 米、长 1000 多米，用大理石砌成的登山步道走下风灯岗，视野所及就是泮境村，整个村子三面被山峦紧紧地环抱，仿佛端坐在一把太师椅上。太阳从田野的那边冉冉升起，绿色的缝隙中洒进一道道金光，映照着蓝得透亮的天空。清风拂面而来，夹杂着丝丝泥土的幽香，一股凉凉的空气，随着深深的呼吸沁人心脾，让人满心舒畅，一种说不出的舒服！距目光最近的地方，是进入村子的一条笔直的大路，两旁是一排排整齐的用砖头和水泥砌起的新房。旁边有一条清澈的小溪，几只鸭子在碧波上游弋。

放眼望去，是无边无际的山林。"泮境的优势在生态，泮境的出路也在生态。"泮境 2014 年被授予国家级生态乡，5 个村被授予省级生态村，2 个村被授予市级生态村。全乡森林覆盖率高达 81%。与县紫金公园毗邻的定达、乌石村境内有 3 万多亩原始森林。常见的杉树、松树、毛竹、杂林且不论，珍奇的百年以上的红豆杉、香榧、香樟、木荷等也屡见不鲜，植物界极为罕见的桫椤、鹅掌楸及原始树种也有分布，丰富的刨花楠群落和格氏拷群落也坐落其间。

泮境的森林，郁郁葱葱，如绿色的流云，沿着山坡，跨过深壑，跃上峰峦，势不可挡地席卷天内天外。今天，经济建设的大潮裹挟一切地域，但偏僻的地方与通衢大邑和沿海经济发达地区相比，因为硬条件的不足，往往慢上几个节拍，滞后若干年。这种时间差，从好的方面讲，可以借鉴发达地区在发展中的教训，不走或少走弯路，不用交付巨额的"学费"，正所谓：绿水青山也是金山银山。

泮境印证了这一点，僻远的地理位置让泮境有幸保留了满目青山，保存了众多古村古风和古韵。保存一个良好的生态环境，就是保存了一个后发优势。这种优势既是自然的，也是人文的。

说到秋风无情，也许是因为它摇落了枯叶，吹散了温暖。我却感到并非无情，当丝丝秋风吹来时，便带来了秋的笑颜，它轻轻地拂去了夏日的烦躁，它翩翩起舞，托着落叶奔向大地……只有在秋天，你才感觉到那是生命中最旺盛的季节，它硕果累累，带给大地一片金黄，带给人们深深的爱意。在彩霞村恰巧碰上花生节，这是他们首次过花生节，鼓乐声声，欢歌笑语，一派丰收的景象。彩霞花生以其独特的制作工艺和口感名闻遐迩，已成为泮境的一张特色农产品名片。农地里，人们忙着收摘花生，作坊里，人们忙着把花生清洗，通过蒸、煮、烤一系列的特殊制作工艺，将一颗颗金黄的花生呈现在人们面前，村子里弥漫着花生的清香。忽然想起许地山的散文《落花生》，以花生喻人生，所蕴含的生活哲理，耐人寻味。现在彩霞村已成立了桂灵花生专业合作社，并积极引起欣杭电商，打造"合作社十农户"电商模式，彩霞花生将满足更多人的口福。

虽是深秋，走不久就会一身汗。快速是天然不适合这里的，需要放慢脚步，放松呼吸，让目光缓缓摩挲视野中的一切，一如时光亘古以来在此处缓缓流淌。坐在四周爬满青藤的农家小院，喝一碗清香四溢、清甜可口的蜂蜜茶，听着松风时作，溪水潺潺，有一种沁人骨髓般的深长惬意。

农家的主人是个养蜂专业户，今年，他养了300多箱的蜂，他说泮境的莽莽林海，蕴藏着极为丰富的蜜源。春天百花盛开自不必说，即便是深秋，深山老林中依然有100多种的植物在开花，可以说一年四季都有蜜源。这里的蜜蜂采用野外放养，青山绿水保证了蜂蜜的质量，活性物质与营养成分全面。再过一段时间，他的蜂箱就可以摇蜜了。他说金山银山不如青山，这是大自然生态的瑰宝，也是酿造甜蜜事业的源泉。看着黄澄澄的蜂蜜在摇蜜机中汩汩地流出，那种感觉真是甜到心里去了。他笑着，黝黑的脸庞上那一条条深深的皱纹里，仿佛也流出蜜来。

闽西农民养猪致富曾经饮誉全省。然而，一段时间以后，发现生态环境被严重污染，为了保护这片净土，人们痛下决心，要改变经济发展方式。原来是养猪大户的钟春香和林升芳夫妇决定停止养猪，改为建设以保护生态的养鹿为主的家庭农场，青山为鹿提供了丰富的资源，农家的玉米秆地瓜藤等都是上等的饲料。此外，他们还引种了鹿最喜欢吃而且很容易生长的营养价值也高的狼尾草。鹿的经济价值很高，全身都是宝，每头鹿价值都在上万元，一头母鹿每年都能产一胎。鹿茸是珍贵药材，一斤鹿茸价值在几千元。养鹿不仅环保，而且是生态型的循环经济，鹿的粪便还可以用作狼尾草的肥料。这对勤劳的夫妇对养鹿充满信心，下一步，他们将探索放养模式，到那时，你就可以看到泮境的森林中奔跑着的鹿群的身影，这是一幅多么生动的自然景观啊。

现代化浪潮席卷之处，一应城市乡村都无所逃遁。目光所及，几乎到处是所谓标准化、时尚化因而也是高度雷同化的环境和生活。喧嚣和躁动、忙乱和焦虑、速度和效益……织就一张无形巨网，让人们灵性窒息、疲惫不堪。相形之下，泮境幽静古朴的氛围，舒缓从容的节奏，便愈发显得可贵。仿佛是上天的特意安排，在遥远宁静的群山之间，安放一种美好，为了让人们真切地领悟，什么才是诗意的生存。

而这里的人们，也的确没有辜负上苍的这一种厚意。

作为一个生动的比喻"天下没有不散的筵席"已是耳熟能详，但对于一个外来人，泮境的山水自然，就是一道永远不会撤席的目光的盛宴，只是随着季节和时辰，不断变幻着内容。短短的三天，感官积攒下了丰富的印象，足够在此后很长时间里反复回味。白天，蓝天白云是天空的常态，阳光穿过透明的空气倾斜下来，树叶仿佛被擦拭过，熠熠闪光。夜晚，点点繁星好似颗颗明珠，镶嵌在天幕下，仿佛伸手就可以摘得。还有那澄澈清亮的溪水，舒缓而辽阔的茶园，桂花浓郁的香味，田野里的虫鸣，黎明时分的鸟啾……这一切，都让我们十分敏锐地感觉到：你是在享受着上天给予的一种恩赐，你是被一种来自《诗经》《楚辞》唐诗宋词一样的古典氛围笼罩着、湿润着、渗透着、抚慰着……置身于这样的地方，不由得会想到那一句广为流传的话——"望得见山，看得见水，记得住乡愁。"目光作证，在泮境大地上，这是一个生动确凿的事实。

秋风沉醉的古堡

有人说，一座古堡就是一本厚重的书，我认为言之有理。这本厚重的古书，把曾经的风雨烟云不动声色地嵌入字里行间，在临风开卷的时候，让身处其间的人们浑然置身在历史的瞬间，从时间的褶皱里品读沧桑和必然。我喜欢收藏古旧书籍，也喜欢去古城古堡穿越和行走。

择一秋风送爽的时节，去探访位于福鼎市郊的玉塘城堡。站在古堡外，望着高高的城墙，在现实与古朴的时光中交错，让人不禁徒生神秘与敬畏。而城墙上砖石被风雨侵蚀得坑坑洼洼，见证着古堡岁月的沧桑。朝霞顷泄在古城墙上，同时也洒落在古堡的东门上。古老的房屋和巍峨的城楼交相辉映，似乎在诉说着这座城堡昔日的繁华。

"城郭沟池以为固。"（《礼》）冷兵器时代的城和堡对保一方平安起着巨大的作用。清嘉庆版《福鼎县志》载："县城，属营中地。旧未有城，明嘉靖三十八年，乡人筑石堡以备倭。"第二年，县城桐山堡的南边也建起了一个堡，原名"塘底堡"也就是现在的"玉塘古堡"。桐山堡今已不存，代以福鼎市区，要找寻一丁点的旧迹也很困难，而与之咫尺的玉塘古堡还保存较为完好。它们就如一对曾经的患难兄弟，后来却走上了不同的道路，一位变革，一位固守，一位历经世间繁华，一位黯然百年孤独。

步入东门，沿着爬满藤蔓、芸草萋萋的简易石条台阶爬上城墙，凭栏远眺，顿觉心旷神怡，豁然开朗，四百年前的玉塘就是一块宝地。山随溪水向东，到这里遇到了海，地势趋于平阔。西北枕连绵苍翠群山，东南看宽阔苍茫大海，一块小平原浮在山海之间。这里土地肥沃，海涂辽阔，鱼米丰足，这里的秋最醉人，因为秋天是收获的季节。后来"玉塘秋色"成为著名的"桐城八景"之一。正如清乾隆二十四年（公元1759年）福宁知府李拔《登玉塘城堡》诗云："塘映山光卫斗城，秋来秀色可怡青。无边木叶垂垂舞，不尽蝉声呖呖鸣。夹道稠桑留荫远，沿崖曲水泻尘清。闲情更上湖堤望，百金田畴喜埠盈。"

玉塘古堡自明嘉靖三十九年（公元1560年）为抗倭而筑以来，基本保持了原有格局。城墙全系石构，北依山、南面海，城周长1600余米，原设有东、西、南、北4门，因北门险峻，筑城时已封闭。现有东、西、南三门，西、南城门为拱形，高3.5米，宽3.1米，厚2.6米；东门为方形，高3米，宽1.7米，厚1.7米。北面环山城墙高6米余，墙厚3米余。"下自平原之麓川连高巅。""外以束海门之襟喉，内以萃境中之淑气，负山崖而阻江潮。当其天凉风急，汹涌澎湃作我壕堑，盖屹然一保障。"城堡外有七个土墩，曰七星墩，是当年抗倭的军事要地，今只存棋盘墩，当年爱国将领戚继光曾驻兵于此。

行走在厚重的城墙上，我感觉脚下的青石承担了太多太多，那些看似孤寂落寞的炮眼，似乎在急切地向你证明着过去的光荣和顽强。爬满青苔的鹅卵石古道在树丛间蜿蜒穿梭，痴痴地向远方伸展着，垛口上那些碧绿的繁复缠绵的藤蔓多少也让人感受到坚韧和希望。

不远处，是一座矗立在山石上的城楼，这是按照旧城楼的形制新建的，有三层楼高，歇山式的斗拱飞檐，碧绿的琉璃瓦，绛黄的琉璃宝顶，使整个城楼在沉稳中平添了几分俏丽。城楼的边上是一棵有数百年树龄的樟榕合抱，遮天蔽日、郁郁葱葱。粗壮的树干，三个成人围着也抱不拢。树下有一"义冢"，据说是1656年秋，乡民与倭寇的一次决战中，因寡不敌众而战败，遍地横尸，收拾后一并入葬于此。为纪念这些牺牲者，至今每年清明节乡民都会以鸡毛血祭奠。

城墙边一丛丛的菊花开得正灿烂，幽幽的清香沁人肺腑。摇曳在秋风中的菊花，成了秋日古堡的笑容，更成了秋日古堡的色彩。从城墙上下来，沿着古堡内一条鹅卵石铺成的小路前行，两旁是明清时期的古民居。走在这些古民居中，你时常会有一种穿梭在漫长时光隧道里的感觉，一些被记忆剪碎的旧事，在一种古旧气息包绕的氛围里，让情绪陷入一种难以言说的感觉而不能自拔。正午的阳光洒在布满沧桑的屋脊和封火墙上，一些斑驳的阴影忽明忽暗地映在我身上。我眯着眼睛，慵懒地行走，用旁观者的眼光打量着周遭的一切，在思绪中臆想着这里曾经发生的故事。

古堡里有七条古巷道，每一条都是有记忆的巷道，它收藏着古堡的历史，有些是敞开的，有些是隐秘的。发生过的事情，总有影迹保存在某个角落，遍寻或可找出未曾湮泯的痕，终不为岁月的微尘所掩。巷口的话语声、笑乐声可减去几分巷间的寂寞，就像荷塘里拽下一粒石子，激起几圈波涟式的，古堡的价值被这寻常动静证实着，且使巷边的村民获得精神的满足。游客从眼前走过，年老的女人会瞟一下，又把旧衣服往怀里拢拢，走几下针线。几个年轻的女子，在渠边手持洗衣捶，捶打着衣物，延续着古老的洗衣方式。挂着拐棍从外面回家的老汉，则会在家门口摆上竹凳，一坐，在檐下讲出不少外面听不到的趣事。谈古之词，娓娓可听，里面也有活泼泼的人生！活到他们这个岁数，能藏在心底的，只有往事了。

转出巷口，迎面是一座有着高高青石台阶的古宅，尽显气派。大门朝街，门上是青砖雕刻的飞檐，通过工匠们巧妙的组合，动物、花卉、藤蔓不仅活灵活现，且形意俱佳，门楼上的题字被石灰涂抹过，已无法看清。大门内是二门，绕过二门是一个由鹅卵石拼花的偌大的天井，沿着廊庑是一个个厢房，正中的厅堂气宇轩昂。古宅内那些精美的雕梁画栋、雀替、石窗、木花窗，不仅雕工精美，刀法明快，还融人物、山水、花鸟、故事为一体，意趣动人，寓意深刻，散发着浓郁的古文化幽香和独特的乡土气息。

穿梭在古堡的古民居建筑群中，雕梁画栋的残片停留在岁月深处，布满包浆的拙朴和凝重，满覆时光的履痕。每幅窗雕都在向我们诉说一个感人的故事，每一道刻痕都向我们展示着古代工匠的智慧和灵巧。

在小巷的折角处，隐藏着一口古井，古堡里原有七口井，现在仅存一口。环状的井圈是用整块巨石雕琢而成的，石质的井沿边缘已被磨蚀得显出不规则的锯齿状，留下深浅不一的绳索印迹，记录着悠悠岁月里，多少代人使用的物证。青砖垒成的井壁，砖缝里长出了青苔和花草，浅浅的井水里飘浮着枯叶，不知道井水是否还可饮用。井沿旁卵石铺就的小路，被来往担水的人厚实的脚板磨得幽幽地发亮，静静地沉淀出一种沧桑的质感。

秋的日光从枝叶间洒落下来，林子里有斑驳的日影，伴随着鸟雀的清音，古堡里显得静谧而稳重。在农村，人们最为亲切的永远是脚下裸呈的土地。如今，许多人背井离乡，抛弃土地，在外面的世界寻求更好的发展。对旁观者来说，每个人都有选择自己生活道路的权利，无可厚非，而这也仅仅是时代变迁中的一种过程，凸显文明和现代的剧烈碰撞。然而，这古堡、古宅烙着先人的影像，每当倭寇入侵，城堡里的居民就用青石板拴上铁链放在鹅卵石铺就的巷道里拖曳，发出震耳欲聋的响声，这响声如同千军万马的咆哮，传出百里之远，让入侵者闻风而逃。这声响入了心，千百年回响。

一座古堡，总是背负着太多的往事。历史深处吹来的风，还染着宣纸上晕开的淡淡黑色。从城门出来，突然，我觉得就像穿过了时空隧道一样，从古代突然就变成了现代。玉塘古堡，虽表面破落，却内涵丰富，她的文化内涵也并非一朝一夕所能领悟通透。它的气质从每一块墙石上溢出，从每一条巷道流出，从每一扇旧窗淌出，从每一道雕纹渗出，从每一位从古堡里走出的人嘴里吟出⋯⋯

历史在这里浓缩，认知和延续我们的历史与文化，由此散发出的底蕴才最为醇厚。当目光碰触玉塘古堡，心瞬间变得开阔、宁静、舒适，听任岁月悠悠，芳草斜阳。

秋上普禅山

我对山的依恋与生俱来，平日只要有机会，我便喜欢看山登山。虽然我领略过无数高山美景，但当我在今秋来到位于三明市三元区的普禅山时，可谓一见钟情。

当一抹阳光撒在脸颊，不再炙人；当一缕清风拂过耳畔，略感凉意，我便悄然走进了秋天，走进了普禅山。车子到达莘口镇后溪村，便进入狭小的山路，由于雨水的冲刷，山路的黄泥土都已流失，露出块块鹅卵石，有大有小、坑坑洼洼，车子行驶在上面，一颠一簸，一摇一晃，几公里的山路行进的甚是艰苦。到了半山腰的茶场，再也上不去了，大家徒步向山顶进发。

天气出奇的好，几团大朵的云点缀在湛蓝的天空，有一朵挂在了普禅山的山顶，久久不肯离去，山顶若隐若现。那云像贵妇的面纱，洁白缥缈；黛青色的山，则绅士一般立着，享受轻纱拂面的柔美。云和山，使这空旷的天地，牵出不少温情，给人无限遐想。

阵阵暗香伴着清风洒向山间，只见路边一棵棵桂花树，满挂着如星星般的小白花、小黄花，一簇簇悄悄地躲在油绿的叶片间，像一个个机灵的孩子，正冲着我眨着眼睛。丹桂香气袭来，沁人心脾，越发显出普禅山优雅静谧的美丽。

普禅山海拔 1510 米，为三元区第一高峰，传说是孙悟空找寻的四根天柱之一。这里集奇峰、碧水、垂岩、林海、草原、云雾为一体，具有山高峰险、植被多变、气候宜人、风光旖旎等特点，是观光、游览、朝圣、猎奇、观日出、望"佛光"的佳境。特别是每年农历六月初十至九九重阳，人们都会成群结队来此朝圣。

沿着山脊上一条蜿蜒的石径古道前行，路边是一簇簇的杜鹃。同行的后溪村村主任告诉我，要是春季四五月来，满山遍野的杜鹃开出火红的花朵，一朵朵、一树树，连成一片，给普禅山戴上彩色的花桂冠，把整个山峰装点的格外壮丽。淡淡的花香弥漫着整个山岭，给人如梦似幻的感觉。"花中西施"杜鹃花是世界十大名花之一，火一样的杜鹃象征着热烈的爱情和纯真的友谊。普禅山有几十种近 30 万株杜鹃，算得上是我国杜鹃花种类最丰富、数量最多的山体之一。杜鹃花的花期一般只有半个月，但普禅山杜鹃花种类丰富、数量繁多，加上海拔高低不同，开花的时间有先后，每年四五月份杜鹃竞相绽放，山上山下都成了多彩艳丽的花的海洋。可惜我们来得不是时候，只能吟咏着白居易的杜鹃诗："玉泉南涧花奇怪，不似花丛似火堆……"想象着漫山火杜鹃的壮观景致了。虽然没了花，但高山水土滋润出的杜鹃树依旧透出与众不同的风姿绰约，有的枝叶扶疏，有的千枝百干，有的郁郁葱葱，俊秀挺拔，有的曲若虬龙，苍劲古雅。山石与杜鹃错落有致，相得益彰，宛如天然的杜鹃山石盆景园，移步换景，引人入胜。

普禅山的秋景正当时，山上的枫叶已红了大半，灿烂的阳光把苍翠的松柏、嫣红的枫树和金黄的银杏都染上了一层煌煌的亮色。风一吹，整座普禅山瑟瑟缩缩，像极了一幅浓墨重彩的活油画，将游人拥在它宽阔的怀抱中。古道旁的树上缀满了一颗颗红彤彤的山楂，小的似红玛瑙，大的像珠子，有的红得鲜艳，妖娆诱人；有的红得发紫，玲珑剔透，酸中带甜的味道，吃了满口生津。石壁上挂满了黄澄澄的小果，像一个个小灯笼，叫人垂涎欲滴。

普禅山太静谧了，而山的寂静是充满声音的。那是很多很多细密的声音：岩石上树上的冷霜融化的时候，会发出声音；一缕一缕的苔藓在阳光下舒张时也会发出声音；风中的芒荡花在轻盈地摇曳着，也仿佛窃窃私语。还有林梢的云与鸟，沟里的水和草，甚至一两粒滑下光滑岩壁的沙粒都会发出声音。寂静的世界其实是一个充满了更多声音的世界，都是平时我们不曾听过的声音，是让我们在尘世中迟钝的感官重新变得敏锐的声音。早晨太阳初升的那一刻，只要山谷里的风还没起来，这些声音就全部都能听见。太阳再升高一些，风就要起来了，那时充满山谷的就是另外的声音了。

再次拔高，拾级而上，不远处的主峰上一块巨大的岩石耸立在那里，定睛一看，岩石上五官轮廓清晰，栩栩如生，宛如一个巨大的佛头，而整个山峰仿佛就是佛身。这尊巨佛稳坐千峰万壑之上，凝视远方，纵观天下，似有"宠辱不惊，闲看庭前花开花落；去留无意，漫随天外云卷云舒"之情怀。普禅山之所以无须建寺，因为山就是佛，佛即是山，再大的寺庙也容不下如此巨大的佛。我想这就是为什么这里没有寺却仍能吸引万千信众转山朝拜的缘故吧！

身临极顶，山脊的另一侧是怪石嶙峋，人立其上，竟成了最高参照物，于是乎，不得不让人顿生"山高我为峰"的豪迈。放眼四周，但见万壑奔拥，匍匐脚下，千峰猥琐，无以出头。偶有欲与其一比高低的，也不过在远处的云海里露出点小小的脸面，它们就像浩瀚大洋中飘零的船帆，让人心生怜悯。

不远处有一座青石砌起的三四平方米、一人高的小庙，这就是齐天大圣庙。庙里端坐着齐天大圣，身上的彩塑已是斑斑驳驳。不愧是能屈能伸的圣人，这样的小庙也一样安身。好在香火很旺，祭台上堆满了厚厚的香烛。

山顶上风声呼呼，拂过的山风掀动起我的衣衫，让我有一种翩翩御风的感觉，有些惬意。我望着佛岩，偶尔闭上眼，沉浸于这刻寂寥的静默时光里。人生自在心远，岁月不经意浓。这高山之巅，像极了一个与世隔绝的清修净地，在这片心的岸堤下，慢慢品味生命的这份安暖向阳，人生的这程惊涛骇浪。

不知不觉间，太阳躲进了云端，远处涌起了阵阵云雾，杜甫诗"天上浮云如白衣，斯须变幻如苍狗"，尽管说的是天上的云变幻莫测，但把它用到普禅山的云雾中，也十分贴切。其实，云就是升腾的雾，雾也是落下的云嘛。

顷刻间，云雾排山倒海般奔袭而来，仿佛能够听到滚滚涛声。很快淹没了梯田、村庄、山林……脚下成了天池，山峦成了孤岛，继而连山峦也淹没了，成了直通天际的云海，天地间白茫茫一片，连我们所站立的普禅山山顶也成了汪洋里的一条小船。这云海也是不平静的，白浪翻腾间忽地耸起擎天的浪柱，忽地又一座波峰愤怒地把自己撕裂开来，向四周掷去，瞬间云雾的碎片消散得无影无踪。注视着眼前这云卷云飞，不由得心生疑窦：是什么惹得这些云雾肝火大动呢？刚一动念，一个云浪迎面扑来，自己也被卷入这无际的云雾之中，一瞬间，天地一片混沌，5 米开外，竟然不辩人影。我想，这不会是齐天大圣在翻江倒海吧！

约莫过了一刻钟功夫，云雾渐渐退去。这普禅山的流云是涨也壮观退也壮观，只见那云雾顺着山势一泻而下，形成蔚为壮观的云瀑，我的心也随着这流云澎湃起来。云开雾散，重峦叠峰又渐次显现出来，片片残云仍在山谷间踯躅。仿佛这里刚经历了一场战役，狼烟滚滚，江山豪迈，此情此景，无不为之动容。

流云的美丽源自普禅山周围的山峦，源自普禅山周围的照叶林。因为有云在山谷间流淌，一层层山峦便被白云隔开，蜿蜒曲折的山峦格外分明，如一条条的飞龙游弋于云端之上，远处高耸的莲花峰则成了一道宏伟的画屏。白云消散后，林海层层叠叠，像是绿色延绵的波涛。蓝天、白云、林海自是一种悠然恬静的景象。

如果幸运的话，你还能够看到普禅山上的佛光。在云海上忽然现出一圈亮黄色的光晕，外沿是七彩的虹，中间便是你的身影。你会突然惊讶、感叹，甚至于欢呼，那种兴奋久久不能平静。至于佛光之外，阳光普照，玉宇澄明，又是另一种壮丽的风光。有时还可以看见一层层的云，似乎天也是这样一层一层被重叠，而你置身在云层之中，那种被云裳拥抱的感觉真好！当四射的霞光从云层中穿过，每一层云都镶上了一道金边，你又会多了几分赞叹。

在秋天的普禅山，在秋天的白云生处，我记起著名诗人穆旦晚年的杰作《秋》：

　　你肩负着多年的重载，

　　歇下来吧，在芦苇的水边；

　　远方是一片灰白的雾霭，

　　静静掩盖着路程的终点。

　　……

诗人希望在他所喜爱的秋天里，暂时放下心灵的重负，享受秋天的安宁。"歇下来吧！"这是穆旦对自己深情的呼唤和自我抚慰，让自己在长满芦苇的水边，作短暂的歇息。我想这也是诗人对世人的呼唤！歇一歇吧，来普禅山做一次心灵的禅修，它能让你滋生出一种生命的自在和安详，获得情感的净化和升华。

近处的云雾已无影无踪，山下的层层茶园翠霭茂林间。多姿多彩的地形地貌，常年烟云的漂浮，云蒸霞蔚的气象环境，滋养着普禅山茂密的植物与珍稀物种，因而盛产玉叶香茗。"我们一直致力于农业科技创新，开发普禅山高山云雾茶系列茗茶，带领茶农致富奔小康，同时发展乡村旅游。"村主任的一番质朴之声让人振奋。村主任五十开外，皱纹横呈在他的脸上，手背上的静脉因为劳作纤毫毕现，花白的头发被风吹的略显零乱。虽然言语不多，我分别能感受到他内心升腾着喜悦之情。

快到下山时，与游人聊天，原来他们就是住在山下附近的村民。他们告诉我，不同的路径上普禅山可以观赏到不同的景致，不同的时间上普禅山可以观赏到不同的风光……在附近经常登临普禅山的村民，描绘起普禅山来，言辞间竟然带着诗的语言。

普禅山的千姿百态，我没能耐全部勾勒，寥寥几笔，也只是粗线条的写意而已。诸君要饱尝，要细品，还是自己去的好。苏东坡早就有观景心得：横看成岭侧成峰，高低远近各不同。可以相信，你眼中的普禅山，肯定比我的更加丰姿，更加绰约，更加妖媚。

向晚的黄昏，在普禅山深处仿佛有种恍恍惚惚的朦胧美，恍如隔世间，不知今夕是何夕。当我离开之时，我亦是没有频繁的回头，虽是眷恋不舍，但我知道，不论我的脚步停留在哪里，我身后的一切依旧会美得熠熠生辉，美得令人心生向往。山中那些日出而作，日落而息的村民，如今家家都有茶园，户户开起农家乐，八方游客纷至沓来，日子越过越红火，那是最真实的生活体现，亦是最美的烟火尘世……

三山会馆听足音

三山会馆在古城大西门礅头街的西段，在一条满是鹅卵石的南浦溪的岸边，在一棵棵桂树堆里，在香飘十里的桂花丛中。

浦城是桂树下的一座古城，桂叶上的家园，通过桂花的倾诉，我才得知这座飘香的古城，通过桂树我要去叩问桂树边上的故事，探究古城悠远的历史。早在旧石器时代，一支原始部落就栖息在南浦溪流域两岸的山丘上，他们在森林里用石锛、弓器追逐、射猎禽兽，在曲折的溪流间捕鱼捉虾，在溪流两岸的盆地中，用石斧、石刀锄地掘土，开垦长满荆棘的处女地，在溪岸边的平地上，搭架茅屋窝棚，他们在这片土地上繁衍生息，日益繁荣，遂成巨镇。一直到了1800多年前的东汉建安初年正式置县，是福建最早建县的五县之一。自隋炀帝开通大运河后，中原入闽路线多经运河达钱塘，溯须江至江山，越仙霞到浦城。由于浦城地当孔道，物流人走，遂成福建与中原交往的必经之地。《读史方舆纪要》曰："凡自入闽者，由清湖渡（今浙江江山市南），舍舟登陆，连延曲折，逾岭而至浦城县西，复舍陆登舟，以达闽海，中间二百余里，皆谓之'仙霞岭路'。"唐代以来，仙霞岭路是福建物资出入中原的主要通道。当时浙、赣、皖盛产丝绸、瓷器、菜叶等，大都通过仙霞古道进入东南沿海的福州、泉州、广州等港口运往异国他乡，从而连接起"海上丝绸之路"。顺着南浦溪而上，一条砌满石阶的仙霞古道穿行在桂树之间，走在落满桂叶的石径，轻轻的、静静的，宛如走进了从前，扫开路面的层层桂叶，便能看到密密麻麻的石块挤满了小路，肩并肩，脚挤着脚，千百年来一直承载着南来北往的商贾脚客、达官贵人，"负担尽游估，攀缘如蚁集"。置身于此，仿佛时空倒流，在一个拐弯处，我们隐隐约约地看到了古代商贾们的身影，大家试图想跟上，但始终跟不上他们。我想，前面一定会有一个茶亭，他们总会歇脚休息吧。果然不出所料，在爬上一个山坳，有一亭子跃入眼帘，可是亭子里并不见休息的商贾们，我又在想，他们一定是在继续赶路，为了生意的兴隆、家道的兴旺，他们只能行走匆匆，可他们的汗水却渗进了亭子的石墙里，层层的石阶上，结出了一朵朵斑驳的石花。

商业的繁荣，经济的发展极大地促进了社会各阶层的横向交流，各地商人穿梭于水陆运输线上，往来于异地和家乡之间，为了联络乡谊，互相支援、救济，共商贸易活动，于是便在异乡组织营建会馆。传统的会馆无不带有强烈的同乡帮会以及宗教的色彩，尽管在客观上会馆是由于近代商业的发展才兴盛起来的，但在组织的形式和操作上，却处处能见到来自中国传统社会中乡村和庙宇里的影子。明清以来，外籍商人在这座古城里共建有五座会馆，前街的江西会馆、瑞龙巷的盱江会馆、江山街的全浙会馆、水南大路沿的江南会馆、大西门礁头的三山会馆。于是古城的卵石街巷中，那翘角的屋檐、雕花的横梁，一块块深底阴文刻字的仿古招牌，一幅幅立意高远的木刻楹联，流淌着古城的繁盛与温婉，喧腾与平和……一点一滴渗进心田。

时光的流逝和一次次的城建中，一座座的会馆灰飞烟灭，唯有三山会馆从灰头灰脸的大杂院里起死回生。这座在清乾隆年间由福州旅浦同乡建起的会馆，取名三山，这是结在古城的一缕乡愁，这里有乡音乡俗乡谊乡情，它就是家乡的一个缩影。200多年来，它默默地矗立在南浦溪畔，依偎在仙霞岭下，静静地向人们述说着那个时代商道驿站上"去时若流水，来时若连云"的景况，展开双臂拥抱着南来北往的游子，"敦亲睦之谊，叙桑梓之乐"，慰藉着一颗颗漂泊的心。会馆是一座河院式的建筑，整座建筑为青砖山墙围合，上覆"几"字形墙帽，飞檐翘角，横斜云天，让人想起福州的三坊七巷。门楼平面"八"字形，似一双厚实而又温暖的手掌，门楼为宏伟壮观的七间七楼仿牌楼式，正门是长方形，门框砌青石，上方嵌以横形石匾，阳刻"三山会馆"四个大字，再上方嵌以雕花竖石匾，中间呈现"天上圣母"四字，"三山会馆"与"天上圣母"同时出现在一座建筑上，这在别的会馆中难得一见，表明这里既是福州同乡集会商务之地，同时又兼作祭祀天后妈祖之所，以祈求在他乡生活生意一帆风顺。两侧为圆拱形的小门，门额分别为砖雕阳刻"海晏""河清"。这些字笔力遒劲，令我有"高山仰止"之感，跨过那道高高的门槛，手抚那两扇厚重的朱红大门，心中总会发出一阵阵感叹：三山巍巍，岁月悠悠。

敞开的大门，是一纸公开的邀请函，我们可以任意地参观所有的空间，门楼之内，连接内门廊顶部为如意形四架轩梁，梁背斗拱支替，替木做成琵琶形状，恰与门廊内的戏台相对应，这些泛出沧桑光泽的门板让我亢奋，它们每日以缓慢的节奏开启和闭合，洋溢出世外桃源般的诗意。想象让我忍不住惬意地靠在斑驳的门板上，成为一张照片的最佳背景。飞檐翘角，装饰华丽的戏台是整组会馆建筑的精华所在，戏台分上下两层，内外两区，单檐歇山顶，屋面陡峻，总高约9米，平面略呈方形，四角立四柱，表演区顶部，做八角形藻井天花，藻井由底部三层如意斗拱内挑，再经三层立板层层内收，居中则悬饰一硕大层层绽放的牡丹，那精细和炉火纯青的工艺，几乎让所有美丽的语言都黯然失色。戏台前檐在立柱两侧挑檐位置，有 4 处垂柱，其中两侧垂柱为三足炉形，朝前的两处垂柱每面雕饰精细的戏曲人物，垂柱的前立面及前伸的梁头侧面，也都雕有神态各异的人物形象。前檐额枋的立面，雕出鲤鱼跃龙门，两侧雀替则雕成两条漆金大鳌鱼。此外，檐角各处的梁头、雀替、隔架，用至三面飞檐板的底部，都雕有各式各样的图案，惟妙惟肖，华丽之极，这么精美的舞台还蕴藏着一个画眉女子的动人故事，也就是因这位女子的爱恨情愁，她的远去曾使南浦溪两岸的桂花一夜落尽，给了许多文人墨客以无数灵感，无限的遐想。于是人类智慧与人类美貌成了这座楼阁舞台久唱不衰的主题。

长条形的中庭，相对宽阔，脚下的古石板，全是从深山里挑来、扛来的青石铺就，百年来，来来往往的或坚实或轻盈的脚掌，把它们打磨得油光发亮，脚踩其上有如同一个饱经沧桑、知识渊博的老者对话，不经意间，思绪就多了份厚重，心目中也发出不胜的感慨：同样的石头缘有建设者的选择，用来砌墙，它就得遮风避雨，无怨无悔；用来铺就路面，它就得承受千斤重负，默默无声。石头尚能如此，而人又有几个能以坦荡的心去面对生活中的一些不平与挫折呢？中庭两侧是一排镶有精致木窗的厢房，木刻的雕花门窗透出典雅的韵味，那"悬梁苦读""读书做官、衣锦还乡""卧冰求鱼，孝敬父母"等精细的工笔彩绘，沾满了岁月的烟尘；那院坪中的小草与池中的荷叶也在一年复一年地凝滴成珠。厢房里的一盏青灯，褪色的桌椅，在追忆着似水的流年，清风中飘洒着几片桂叶，带来了百年墨香的回忆，当年林则徐进京赶考就曾住在三山会馆的厢房，会馆有幸，见证了一代俊杰林则徐的飒爽英姿，一院桂枝，萦绕着先贤抚琴的低声吟唱……

拜亭位于大殿的中轴线上，如意斗拱层层外挑，其檐柱、额枋、雀替等分别有狮子戏珠、太狮少狮、龙凤双飞，以及"空城计"等人物故事，还有各种飞禽走兽、花草虫鱼等精美木雕，形象生动，栩栩如生。左右两侧是钟楼和鼓楼，仿佛百年前的钟鼓声还在上空久久回响，让我无法扭动钟鼓声停止的机关，朦胧中，我好像又看到了当年那位敲着钟鼓的猛汉，坚挺着腰板，挥动着钟鼓锤，涌动着激情，把满山的桂叶飞扬着，向着遥远的家乡报送着声声平安……拜亭里面就是大殿，是三山会馆的主体建筑，也是会馆内主神天后娘娘神像的供祀场所。大殿重檐歇山顶，高度近 13 米，内部柱梁、减柱、屋面形式极富地方特色，殿内的木雕、彩绘、灰塑等巧夺天工，叹为观止。大殿锃亮的青石板已告诉我，当年有多少商人学子在这里顶礼膜拜，他们用整个身体与大地接触，让心去感知大地的深度，这是对神灵的敬仰，更是对大地的崇拜，人间有苦，他们因虔诚而饱受身体之苦，人间有乐，他们也因虔诚而享受心灵之乐。

行走在三山会馆的暮色里，聆听远远近近、高高低低的足音，我的思维悠远而宁静，在这里，我知道留下的是终生难忘的感慨，带走的是匆忙的脚步。

深秋，走过南岩

南岩，我居然与其陌生了这么多年！这么多年里，我频频回乡，但我不知离市区仅 20 多公里的这处地方，留住了被偷走的时光，藏住了 700 余年前的静好岁月。

车子抵潭头镇后，继续向东北方向行进，盘山公路蜿蜒向上，非常险峻。一路岩障峰转，竹树婆娑，瀑声隐隐，暗香浮动。这个海拔近 700 米的古村，目前有 300 多户，1300 余人，辖南岩、外洋、洋山 3 个自然村，其中洋山还是福安市的老区基点村，二次国内革命战争时期的苏维埃区政府所在地之一。古村东与柘荣县黄柏乡软岭村、潭头镇东岭洋敢江洋村接壤，西与金菊园、西洋镜村交界，北连财洪挡头岭，南邻千诗亭村。村民主要姓王，系闽王王审知九世孙王世昌（少招公），自福安上白石佳浆迁居于此。

"前面就是南岩村。"顺着村吴书记手指的方向，我看到一团团如丝般的薄云在浮动。脚踏薄云，放眼四周，山峦叠翠，清风缕缕，仿佛置身于云端，顿感心旷神怡，醉若神仙。此番景象印证了清光绪年间南岩《王氏宗谱》里对南岩的描绘："南岩山川秀丽，龙盘虎踞，峰回路转，林苍竹翠。前后心（中间）放莲花，如珠戏海虾；左右奇峰耸立，似猛虎蹲伏……"据族谱记载，元成宗大德元年（公元 1297 年），南岩肇基祖少招公（讳世昌）自叙："余佳浆人也，我祖雍公于仁宋元圣九年自冯坑而迁佳浆，至今四世矣，但思此地狭隘后之子孙昌盛恐难聚居，闻离韩阳四十里有地名曰领口，龙盘虎踞，竹苞松茂，田可垦土可辟，一日览胜至此意决往迁焉。"后改领口为南岩。

七百余年来，南岩王氏祖祖辈辈襤褛筚路，勤劳创业，耕读传家，创造了富有南岩特色的耕读文化、儒商文化、家法文化、防御文化等等。而著名的"南岩十景"：大王树、夫子桥、古巷井、莲花山、火星岩、仙人洞、蝙蝠洞、小龙湫、狸鹅碛、旧战壕，则以独具的山水风物、自然造化、人文景观，演绎着南岩不老的动人传说。

走进秋意盎然的南岩村，远远便能望见村口依山造势分布两条路，形似双鲤戏珠。沿左侧青石铺就的古官道而行，一字排开五显宫、大王庙、土地庙等民间信仰宫庙。体量虽不大，但均为明清时的建筑，虽有过不同阶段的重建，但香火仍旧鼎盛，村里人逢年过节均会到此祭拜祈福。让我最震撼的莫过于大王神龛之上的那棵需四人环臂才能合抱的红槠木，越过了千年风雨，腹腔已空，却依然虬枝苍郁，昂首向天，在秋日的阳光下，黄绿夹杂的叶片闪烁着漫天的灿烂。还有那五百多年的柳杉，以及二百多年的香樟群，一百多年的松木群……仰望这些古老的生命，我内心充满敬畏：有谁能像它们那样阅尽千百年的风雨沧桑？又有谁能如它们那样淡定迎接荣辱得失？

村中至今完整保留的古官道，名东路，为福安城关赴京官道，起点在城关棠发洋，经占洋、仙岭、东岭、石牌至南岩、千诗亭接柘荣，进入浙江。古官道上的人家和路上的千年古树，一同走过了宋元明清，在千百年的相处相佑中，一起走到了风雨千年的这头。

沿光滑如镜的官道前行，脚下的青石静静地沉淀出一种沧桑的质感。不远处，有一小溪贯穿而过。据说，溪流在古时候水面宽阔，溪流上建有木石混合结构的十扇廊桥，名下桥，在下桥上游 2 公里处建有一上桥，可直抵里村。上下两桥结构对称，一模一样，只可惜几年前被山洪冲刷损毁，现重建为石构廊桥。关于双桥，村里还有一个故事，几百年前，村庄发展开始鼎盛，但不和睦现象也越来越严重，后来宗族长老请了风水先生来村观气望水，言上桥附近山势呈人字形，不利村内和睦，建议建双桥后成夫字形风水格局，村人依言而建，遂形成现今的双桥布局。传说归传说，然睦邻和谐之事岂是建两座桥所能解决了的。

从下桥处沿溪涧拾级而上便是外村，不远处有一青石构筑的明代四方石井，此处亦是古村的风水宝地。从井前向外望，村形像只金蟹，那井便美其名为金蟹哺浪，而井地貌仿如龙虾状，井水清亮泛珠光，故名海虾戏珠。石质的井沿边缘已被磨蚀得显出不规则的锯齿状，留下深浅不一的绳索印迹，记录着悠悠岁月里，多少代人使用的物证。青石垒成的井壁，石缝里长出了青苔和水草，井水中几个锦鲤悠然游弋。虽然这里的古民居中家家后院都有泉眼凿井，但村民还是喜欢到此汲水饮用，在井边洗衣择菜修农具，唠叨家常，其乐融融。

依山而建，这是外村古民居一大特色。井旁的石道与村口另一条道相通，连接起外村的古民居群。穿行于青石的村道，秋的日光从树枝间洒落下来，巷道里铺满了斑驳的日影，伴随着鸟雀的清音，古村显得静谧而稳重。曲径通幽处，又见村中心有一水池，长方形，十几平方米，村民称池兜。相传，很久以前，村对面飞来火山岩，常会喷浅火星，村里火灾连连，自从修建了这一泓天池，才断了火患。如今，火山岩尚存，池水依然平和如镜。从这溪、池、桥、井、祠，还有高矮门楼、烽火粉墙、榫桁栋瓦、窗花木雕、柱石门楣，以及纵横交错的巷道，处处可见先人的苦心孤诣和智慧才情。处处布满包浆的时光履痕，透射出南岩古村风水文化、建筑美学意味深长的儒家风范。

会临高处，俯瞰外村全景，天高云淡、长河如弓，阵阵秋风吹得树上的叶子飘飘扬扬往下落，像盈盈飞逐的黄蝴蝶，又像展翅飞翔的黄莺，让人蓦然坠入世外桃源的梦幻中。

一个拐弯，在一片红叶中，又有一片古建筑群赫然闯入眼帘。村吴书记告诉我，这里就是南岩的里村。静静凝视这片由五幢大型清代古建筑合体的王家大院，不能不钦佩南岩先人充分利用地形地貌，创造了这如双珠、如盘龙的里外村格局。飞之檐、翘之角、雕之饰，处处体现了宏大与精致、古朴与清丽、粗犷与典雅，把古村辉煌的历史印迹凝固。

王家大院坐向一致，坐西向东，六扇八廊庑，木构、青砖、穿斗式建筑。虽然里村、外村古民居群建筑形制大体相同，但里村的王家大院用料大，雕刻更为精细，那门楼、牌匾、围屏、联扣、方桌、案台、石联、柱础、木雕、窗花、砖雕、石雕等等样式及工艺可谓美轮美奂，具有深厚的人文底蕴和高超的艺术内涵，散发出古文化的幽香。尤以各式石雕极具特色，如青石铸就的宅院大门门框，采用古时阳刻手法，横批刻"瑞露凝祥"，左右刻对联"兰亭新世泽，槐里旧家风。"颇具古风古韵；而青石水槽、石臼皆为手工打造，四壁光滑，厚薄均匀，做工精美，根据生活所需大小不一；水槽还按排水量设有一孔、三孔、六孔，体现了古人匠心独运的高超技艺，颇具研究与赏玩价值。

王家大院的大厅气派更显异彩，大厅前两个石柱台，形式八角花瓶，采用阳雕，八面分别雕刻有八仙献宝图，堪称稀世之宝；大梁上描绘奇花异草，蕴寓吉祥如意；墙壁采用三层重合工艺制作，内层以竹篾编制，中层配黄土泥浆，外层用石灰抹平；厅正中悬铜带挂灯，亮白如昼；厅堂中央三张锦桌由低至高紧靠中壁层层有致；左边神位坛彩绘"凤凰彩牡丹"，右边祖先坛彩绘"金雀哺食喂雏鸟"；正堂中央高悬"慈能迓福"金字牌匾，彰显厅堂的富丽堂皇。若时逢喜庆，大厅中央还布置成"绸缎金丝绣祥瑞，全联屏风团团围"的氛围。特别是大屏风上"八仙过海""蟠桃献寿"等雕饰栩栩如生，文墨重彩，美不胜收，先人赞曰："描金木联柱上挂，金光闪闪亮华堂"。

然而让人称道受人瞩目的不只是王家大院的气派，更是王家先人们在大院中兴办私塾书院。族谱记载："王氏先祖桉公夙昔，赋性聪明，屡试冠军，但其无意登入仕途琼林，却将全力注入对后人的培养教育。"他训子有方，"以耕读并济为重，更兼识医学，泽洽乡里，和睦乡族，施舍无间，行善积德"。他醉心于诗书耕读，潜心探究儒家思想，强调"仁、礼、信、智""一言九鼎"的诚实信条，强调"万国咸宁"的文明和谐的生活环境，强调"慈善乐助，为人为学"的儒学道德为上。

在王氏祠堂内存放着清乾隆三十年到道光五十年的族谱，记载着王氏先祖儒学精粹的 11 条通俗易懂的立世修身齐家的家训家规。可谓字字龟鉴，句句药石。在清朝王氏鼎盛时期，这个小小山村就出过知县、举人、庠生、太学生等数十人。至近代就培养出大专、本科、硕士、博士生百余人，还出过全省文科高考状元和宁德、福安市高考状元。透射出王氏后人孜孜以求、不忘世泽、珍惜家声、弘扬祖训的担当。

静坐王家大院旧时私塾的回廊里，观鱼翔清池，听泉水铮琮，品清乾隆皇帝赐名南岩的"岩岩功夫"松针白茶，耳边回响着学子们依稀朗朗的读书声，心里升腾着对古村先人们的敬佩与感念。村吴书记告诉我，现在南岩古民居建筑群留存有百年以上古厝 42 座，其中明代建筑 3 座，清代 24 座，民国时期 15 座。2014 年被评定为第三批全国具有重要保护价值的"中国传统村落"，同年被列为福建省"美丽乡村"建设试点村。

听着这位从镇里到南岩挂职任村书记的稳健而充满信心的谈吐，让我想象到他话语后面更加稳健更加有希望的日子。

后来，当我了解到为实现传统村落保护建设和发展经济同步实施，村里 10 多位乡贤成立"福安市岩岩农业发展有限公司"，申请注册了"岩岩工夫"茶叶商标，做大做强茶叶精深加工，重塑"岩岩工夫"品牌。同时岩岩公司还在筹划发展红心猕猴桃、九月黄金蕉、树下灵芝种植、蓄塘养鱼、稻田养鱼等农业项目，筹备开办"南岩十景"乡村游，收集传承南岩王氏先人几百年积淀形成的宗法文化、耕读文化、书院文化、防御文化……我相信把古村当成景区来建设，把民居当成民俗旅馆来改造，把农田山水当作旅游基地来经营，把传统文化当作定力来弘扬，那么古村将带给百姓多少的福祉啊……

夕阳西下，风带动着雾气弥漫开来，铺满了整条山谷。深秋，走过南岩，不曾回头的只有岁月和被岁月带走的一切。但无论如何，古老的村落，都一直保留着淡淡的乡愁，保留着人与自然延续的根脉，在不竭的时光里静静地守候。

深山藏碧岩

看罢现代而又气派的罗源湾滨海新城，我还是想去看看深藏于双贵山密林深处的碧岩古寺。寺庙总是能让人产生一种宁静、安详、超然的心境，在这样的境界里，也可消除片刻尘念，打捞起一泓澄澈与清明。

我们去碧岩寺的时候，天下起了小雨，从碧里乡到古寺，出镇子不远就得爬山，一条专门通往寺庙的乡间公路从双贵山脚回环而上，盘旋在峭壁和林莽之间。虽然路面也是水泥的，但道路比较狭小，弯道特别多，让人提心吊胆，还好路程不是太远。一个小时后车子在入寺的石阶前停下来，映入眼帘的是几棵枝虬叶茂、挺拔刚毅、苍劲古朴的松树，躬身执礼，迎接着四方的信众和游人。目光穿过松林旋即被前方裸露的山崖吸引，原来，对面的整个山体酷似一尊巨型卧佛，仰面朝天，轮廓分明，气势恢宏，据说雨后远眺卧佛，可以看见云雾升腾，仿佛莲池沐浴，夕阳西下时，佛顶上还会镶上道道金色的光环。

碧岩寺，始建于唐，兴盛于宋，绵延一千多年，香火不断。据《中国寺庙宝典》记载：唐咸通年间（860 年至 872 年），僧人秀自禅师修建该寺，归临净宗……寺庙不大，奇观不少，它建于一巨大断崖之下的一洞室内。顶上高岩崔嵬，底下古木参天，危石为檐，洞室为堂，片石寒窗，晨钟暮鼓。站在对面的高处往下看，其洞如一雄狮张口，民间传说，碧岩之后山为雄狮宝地，状如一醒狮张口，寺建其中，故不能建太大，一大则顶其上腭，狮子发火岂同儿戏，即遭焚毁，故自建寺以来，历经四次焚毁重修，后人悟其玄妙，控其规模，形如袖珍。

沿着石径向上，岑寂的林中立时传出清脆的跫音，刚刚过去的那场小雨浇不透松枝的茂密，只把树冠润得湿漉漉的，愈发显得青翠。时有林涛阵起，松间顿时荡出旷古的回声……走在这样的青石小径上，由不得你不发思古之幽情。我仿佛听到了古寺的钟声，仿佛看到一个身披红色袈裟的僧人循着钟声走来，张开双臂，用自身的悲悯与隐忍接纳众生，关照生命的内在成长，用良善与微笑让沾满尘土的眼睛在暮鼓晨钟里悄然明亮起来，让蒙受污垢的心在莲花盛开的梵音里渐渐洁净起来。

不知不觉间行至山门，然有一巨石挡道，其状酷似蛤蟆，人称蛤蟆听经，其下两石对顶，成一小口，进寺之山道贯穿其中，仅容一人而过，所有善男信女、达官贵人至此，必俯首低眉，躬身而过，这只虔诚的大蛤蟆为这小小的寺庙赢得了千古之尊。石旁有一平台，上立有一块大碑，刻有回文诗一首：江南滴滴云烟起，滴滴云烟起半山。烟起半山流水响，半山流水响潺潺。潺潺一树梅花发，一树梅花发碧岩。花发碧岩春汛到，碧岩春汛到江南。此诗八句，妙在每句前后四字重复相连，形成首尾回文。诗中细致描绘了碧岩的优美风光，传为乾隆皇帝下江南游碧岩所题，此诗原题写于寺壁，后人把它临摹于石碑上。乾隆是否到过碧岩寺不得而知，但从优美的回文诗句及遒劲的字迹，有人揣测是纪晓岚的笔墨，也许是史书记载纪晓岚曾到过罗源的缘故吧。

进了石门，便来到石洞，大雄宝殿面朝岩壁，以高岩为檐，以洞室为堂，小巧玲珑，错落有致。平日里佛宇琳宫，香雾氤氲，烛光闪烁，金碧辉煌，真乃风水宝地，想当年佛教创始人释迦牟尼佛，独自在荒凉的山野里参禅打坐，风餐露宿，终悟透宇宙大道，知晓"缘起性空"，跳出"六道轮回"，赫然成佛，解除人世疾苦，终得大自在。然俗世纷扰，烧香拜佛若为名利而来，又有几人能成佛得道呢？在《金刚经》里记载，佛曰："以声音求我者，不能见如来。"还是看淡些，随缘吧，一念天堂，一念地狱。一念佛，一念魔。一心向善，清心寡欲，广结善缘，人人都有成佛的可能。当宗教成为一种善，所有的生命气息都让人快乐，所有的生命本身都充满欢笑。当善演绎成一种大众情怀，生命的诞生与成长都是一种幸运，生命的逶迤与消失都是一种吉祥。

在碧岩寺的诸多自然景观中，最让我惊赞不已的，是一株倒长于佛殿崖顶的长达 30 多米的古藤，古藤穿越百米岩石，从石缝中顽强地生长出来，据说已生长了一千多年，此藤枝繁叶茂，四季常青，每到春夏之季，还开出朵朵白花，犹如千盏佛灯垂挂佛前，藤帘后手持净瓶的观音菩萨，那雍容典雅的举止与微笑仿佛是给朗朗乾坤素洁的希望，是给这个苍凉世界的信心，是给芸芸众生的最大安慰。

与千年古藤相对应，洞内殿前左右两侧分别长有一树，经年不见雨露却年年开花结果，一株为龙眼，果实比正常龙眼小三分之二，仅有黄豆大小却清甜异常；另一株人称仙果树，其果形状特异，形似石榴，香甜可口，每年所出不多，极为珍贵。遇有贵客，寺中长老才肯采摘一两只相赠，据说食之可祛除百病，延年益寿，只可惜我们无此口福，但深秋时节的仙果树此时却开满了白色毛茸茸的花，飘着淡淡的清香，甚为惊奇。

洞顶有"回仙岩"三个字的题刻，传说乃吕洞宾所书，他两次来到双贵山，见"茂树修篁，葱茏森列。山猿野鹿时游啸于侧"，于是诗兴大发，吟曰："天风扶我步崔巍，此日登临第二回。长啸一声山谷应，山灵知是道人来。"遂以手指在岩壁上刻下入石三分的"回仙岩"三字。崖顶的落差有四十多米，从缝隙渗出的水滴随风飘逸，如珠玑溅玉，似白雪飞扬，造就了罗川八景之首的"碧岩飞雪"，引人无限遐想。明代章简诗曰："万山深入总欹崎，匹石从来说最奇。势类龙拿犹未似，岭闻猿度尚堪疑。僧曾持钵宁留米，客畏攀萝懒看棋。少坐藤花松影静，天风拂拂乳泉垂。"清代黄式诗曰："老树半空摇，奇泉绝顶飘。蛟龙争窟穴，狄猿戏山腰。"生动的诗句凝练了碧岩的风光无限。

踩着古寺厚实的青石板，漫步在崖檐下的回廊，古寺在暮色中显得格外庄严、圣洁而凝定。在大殿的转角处，我蓦然发现对面山崖上有一个 10 米见方的楷书"佛"字，雄健苍劲，博大浩瀚，我看到了光线在"佛"字的笔画间飞翔，我感受到了这种光芒的力量，那是智性之光、悲悯之光、灵魂深处的圣洁之光……

眺望远处的海滨，新城已是一片灯火辉煌。

探幽掘奥洞宫山

相距福建省政和县城七十公里的洞宫山，是一座道教名山，被誉为"天下第二十七福地"，洞天福地皆是仙人居处游憩之地，自然是温润、纯净、幽深、神奇之胜境。

一夜的秋雨，将久悬空中的尘埃洗刷的没了踪影，踏着凉丝丝的风和潮湿的空气，我们从县城出发，去分享这块"福地"。车在青山绿水间飘移，渐抵洞宫山脚，首先映入眼帘的是横卧在蟠溪之上的板头花桥，从山谷中蜿蜒而下的溪水进入村庄，仍然可以看出它的气势。板头村至今已有千余年的历史，在古村中穿行，犹如置身在四面翠屏中，眼前一片苍茫的绿色，村林溪涧、峻岩幽谷无不葱茏翠黛，令人神清气爽，一袭山风从溪谷中吹荡过来，我触摸到了古村的心跳。卧于溪谷之上的廊桥，被称为花桥，也许正是因了它的美丽。花桥始建于明正德六年（公元 1511 年），但建筑风格颇具宋代遗风，是我国现存石拱廊桥中不可多得的典型范例。廊桥的设计特别精美，集楼、亭、桥为一体，桥中亭和两端桥亭上有阁楼，阁楼重檐歇山顶，主楼三层翘檐，两侧偏楼两层翘檐，每个翘檐下挂有风铃，天要下雨时，是上层的铃响，天要转晴时，是下层的铃响，不免赞叹古人对自然气候的了解和应用如此精到。

走进花桥，仿佛置身意韵隽永的艺术长廊中，廊屋中亭有八角平拱藻井及八角覆斗式藻井，两端有圆形覆盆式藻井。中亭正中一个，为五层镂花斗拱，圆心是一朵莲花。藻壁彩绘"春满人间""鸟语花香""桃园结义""铁杵成针"等人物故事及花卉图案，丁头拱、雀替均雕饰花卉图案，外露梁坊均施彩绘或书写联句，桥柱上均刻有楹联，桥屋内西侧及两端设有几个神龛，分别供奉着观音大士、魏虞真仙、陈桓、陈文礼二公、通天圣母等等，造型细致入微，形象生动传神，虽然只有数尊塑像，但代表了天上人间的万千神灵，给人以活灵活现，似曾相识的感觉。

花桥最奇之处，是拱桥下面镶嵌有两把剑，据说能因天气变化而自动伸缩，预测阴晴风雨。传说古时此地有一个黄鳝精，每逢天降暴雨，溪水上涨时，便兴妖作怪，涂炭生灵，显然建桥时安了两把剑，是为了镇妖保平安。不论如何，保留一个美丽的神话传说，比保存一个真实的故事更有魅力吧。

由花桥南去约十里就是洞宫湖，它是 1991 年九层漈电站建成后形成的高山平湖，湖水在秋光里沉静，像一块无瑕的天然美玉，被岁月打磨得无比温润，蕴含着饱满的灵性。低头在一面苍茫的湖水中沉思，面对这份自然的和谐，你只想垂下生命之竿，钓这一湖的清白，钓一阕秋水长天的悠然意境，应和着大自然宁静的心声。

远处一群群的鸳鸯掠过开阔的湖面，激起粼粼的波光，湖中无数的小岛上树林翁郁，奇葩异卉，流转在湖中多姿的风情里，沉浸在圣洁的湖水中，你不能不相信，生命会因为一面湖水而新奇，心灵会因为一片净土而澄澈。

从洞宫湖往西走至洞宫村，村后有一石柱，名为照天烛，边上有一岩石形如金钟，岩底如盘，叫金钟扣玉盘。从村口即可望见麒麟山，此山前头奇岩高昂，若麒麟之首，中间平缓，树木浓郁苍翠，如拳毛丛生的身子，后边一片石壁直刺云天，如麒麟之尾，三者相连，昂首翘尾，栩栩如生，俨然一匹傲立于群山之中跃跃欲奔的麒麟。相传很久以前，洞宫村村民过着安居乐业的生活，可不知什么时候，村前的虹溪里窜来一条孽龙，施展妖术，残害百姓。洞宫山里的魏、虞真仙得知此事，勃然大怒，决心为民除害，可是他俩知道，凭他们的法力，是斗不过孽龙的，于是他俩在溪边画了一道符咒，将此事告知天神，玉帝得知也龙颜大怒，立即与群臣商议如何降服孽龙精，这时，麒麟仙主动请缨，与白鸽仙一道下凡，与孽龙展开了殊死搏斗，白鸽仙用尖嘴啄伤孽龙七寸，并骑在受伤部位，化作山峰白鸽尖，压住孽龙七寸，麒麟仙也化作麒麟峰，压住孽龙头部，那孽龙长长的身子便化作灵山的支脉山峰，在搏斗中滚出的沙丘、沟壑便化为灵山的小山坡和溪流。

沿村后的石阶拾级而上，一会儿身影便没入林中，一阵强劲的秋风迎面拂来，头顶的树叶纷纷地飞落，初秋的落叶基本还是绿的，按理不该落，然而他们落了，真是节令不待人。抬头望去，树上的叶子仍很茂密，在阳光的照射下透着碧绿、嫩黄，山中的大多数植物四季常青，散发着清爽宜人的盎然气息，仰望绿波荡漾的山峰，感受山林间梦幻般流动着的奇美韵律，着实让人获取了一份品味不尽的精神享受，这就是神山独特的魅力吧。

山路崎岖，千回百转，石阶延伸到一段悬崖下，悬崖成60度角，人工开凿了石阶，修筑了护栏，站在石阶下仰望，天梯绵延直上，似乎没有了尽头，不禁心生胆寒，回望群山万壑扑面而来，山峦跌宕，树木参天，不知是我拥有了山川，还是山川拥有了我。山顶上岩石连绵垒叠，状如莲叶，名为九莲峰。

峰顶呈臼状，据说是魏虞二真人飞升之处，故称飞升坛。舒朗的山风抚摸着脸颊，亲吻着额头，将淋漓的汗水擦拭得无影无踪。极目远眺，绝美的原生态自然风光尽收眼底，天空飘着朵朵祥云，如洗的蓝天下，峰壑缠绵交错，草木郁郁葱葱，微风下，似波澜起伏，壮阔震撼，远处点点翠珠缀于天际，如同一幅绝色山水画卷从空中舒展于脚下。心有多远，天有多宽，不求奢望天下美色尽收眼底，但愿这一抹秋色常留心间。

飞升坛北面，约行二百余步，便有一柱岩，远看形如谷砻，称为砻米岩，近看五块圆形岩石相叠，又称五层岩。沿石阶而下，回首望去，这座相叠的岩石又多了一个圆形的底盘，由于这六块岩石从上而下，一块比一块大，构成了一个塔形，因靠近飞升坛，又称之为飞升塔，然而我觉得更像是一个头戴儒巾、身披风衣、匆匆行走在赴京赶考路上的士子。沿山脊前行，出现了一个如倒扣金钟的山岩，黛峰翠幛，岩底如弧形的屋檐，檐下有九个孔洞如窗，远看似宫殿建于巨石之下，隐于丛林之中，故名洞宫，又名九孔岩。据说，洞宫山就是缘于这个九孔岩而得名。

离开九孔岩，便是下山的路径，我以闲漫的节拍感受着一路清新芳香的气息，把满目的翠绿一帧帧一频频收入眼底，植入周身每一个充满感动的细胞里。读着茂林斑斓灵性的脉络，读着生命透绿透香的纹理，真的就有了一种冲动，想泼墨挥毫成就一幅绝妙的丹青，布局是流经过的意境，神韵是此时爽朗的心情。

山下就是洞宫村尾的出水口，近处是一片片金黄的稻谷，风儿一吹，金灿灿的稻浪波涛翻滚。清溪像一条极柔极软的缎带，由西向东从洞宫山脚下飘过，河床里全是暗红色的岩石，平坦如镜，清浅见底，溪长约两三里，无一粒沙石，传说是魏虞二真人剑劈而成，故名虹溪。溪的北岸有一组让人浮想联翩的石体景观，桥边一岩石，头圆如球，尾细如柄，插入崖中，人称风动石，足有东山风动石的十倍大，这样的一座小山，一人推之微动，百人推之也微动，真是一块藏而不露的奇石；又一巨石跌落河边，状如张口露牙的凶猛蛇头，叫作南蛇头，边上又一巨石像乌龟，因逆水向岩上爬行，故名石龟上滩。传说原来龟蛇在此同居一处，因交恶，经常把头伸到河边吸食路人，后被魏虞二真人挥剑一斩，蛇头跌落河边，石龟受惊，慌忙朝岸上逃窜，被点化成石。这些大大小小、形状各异的奇岩怪石，妙趣盎然，莫穷其状，这些秀色无比的佳石，生于水中浸泡了百万年，又受风吹日晒，雨打霜侵千百载，最后才变得如此神态万千，秀丽绝伦，细细品味每一件"作品"，都会让我们感叹大自然的鬼斧神工，它那超逸万类的能力，令我们心生感叹。

而在洞宫山的诸多奇岩怪石中，最具特色的当数宝丰岩，沿小路拾级而上约一公里，便看到一片数百亩的竹林，一根根毛竹笔直地伸向天空，一样的高大，一样的粗壮，走进竹林，枝叶或疏或密层层叠叠地遮挡在我头顶的上方，宛若一个巨大的绿筛，阳光从晃荡的绿筛上漏了下来，十分祥和地牵连在一起。竹叶偶尔也会落下来，是盘旋着翻飞下来的，像云雀的姿态，这里真的是不一般的动静自然。

走过竹林便抵宝丰岩，映入眼帘的是一座由数块巨岩构成的山峰，其中直插云霄的巨岩即是宝丰岩，又称之为"小蓬莱"。宝丰岩的伟奇不仅仅在于它的峭拔，更在于它的雄浑，两块巨石便是两座山峰，既独立成趣，又浑然一体，崖壁上岩石有的形如石龟、石笋，有的状若楼、阁，有的岩石朱红，鲜艳夺目，有的两岩对峙，形似姐妹，有的两岩并列，酷似翻开的天书。午后的阳光透过茂林修竹洒向丹崖，到处弥漫着一阵阵的霞光紫气，给人以"石鼎云影红，星坛霞气紫"的独特感受。

山崖下并排着三个岩洞，东面的岩洞有无数的甘泉从洞顶滴落，叮咚之声不绝如缕，空幽而宁静，颇有一股"仙气"。中间和西面二洞，相传即当年魏虞二真人修道炼形之洞府，史籍记载宋代时此处建有魏虞真宫，道宫前的"魏虞洞宫"匾额乃宋代理学家、教育家朱熹的得意弟子和女婿黄干所有，黄干善书，史称其书法"颇类二米"，即米芾、米友仁父子，评价甚高。可惜道宫早已圮毁，匾额也不知下落。

宝丰岩下依岩为瓦建有小庵一座，叫岩下庵，清代乾隆时建成宝丰禅院，寺前视野开阔，林密竹翠，有平田百亩，溪水潺潺，大殿佛座前有天然巨石一块，酷似一巨蛙匍匐在佛前，传说这是经仙人点化的"天蟾"，故称"天蟾参禅"。"岩立三峰山宜飞锡，泉开一洞水取生莲"，门前这幅清代的对联，就是寺庙最生动的写照。

从虹溪往东十里许，穿过雾中桥，便进入虹溪峡谷，这里便是九节瀑布九层潭，雾中桥建于20世纪70年代，径跨50米，长128米，横跨虹溪峡谷之中，山涧常年水气蒸腾，云雾缭绕，因而得名。沿桥头的小路向峡谷深处进发，贴着石壁小心翼翼地行走，不经意间发现身边的山壁像竹帘一样排出道道笔直的条痕，样子恰如间隔较窄的梯子，难道古人就是沿着这样的"天梯"进入峡谷？

走出贴壁路，眼前一片闪亮，谷底一串大大小小的岩石堆群呈现在我们面前，其中一块方形巨岩突立溪中，平滑的巨岩顶部，隐隐约约可看出石上刻着许多的圆圈，有的单环，有的双环，有的碗口大，有的盘子大，然而仔细摸索探寻，便发现刻的是日、月、星辰以及飘动的祥云和太极。据说整个山谷中刻有这些图案的巨岩有8块，把这些巨石图案与道教名山相连，也就不难理解了，这并非是"怪圈"甚或外星人所为。我仿佛看到两山夹峙的山谷中，谷深林密，万绿荫覆，银浪湍飞，碧水盈盈，雾气腾腾，道士们在这些石刻的巨石上，或打坐悟道，或俯仰而息，或侧卧而眠，或抚琴引吭，或挥掌运拳，这里就是他们刻画出的天人合一的境界，这里就是他们追寻的人间仙境。

我跳跃着跑到一块石刻的巨石上，盘腿而坐，双手合十，静心地看着、听着、感受着，用这无比的清澈洗涤世间的浮华，正在冥思之时，耳边传来不知是谁的赞美声："青山不墨千秋画，绿水无弦万古琴。"是的，这云雾、这清泉、这石刻的确太迷人。

向晚的黄昏，新月高挂，在洞宫山深处仿佛有种恍恍惚惚的朦胧美，恍如隔世间，不知今夕是何夕。当我离开之时，我亦是没有频繁的回头，虽是眷恋不舍，但我知道，不论我的脚步停留在哪里，我身后的洞宫山依旧会美的熠熠生辉，美的令人心生向往……

桃溪深味岩塔间

桃溪两岸的魁星岩和留安塔在永春人的心目中可谓景仰，正所谓"山不在高，有仙则名"。踏着初春暖洋洋的山路，将人文和历史装进行囊，携着温润的思想和情感，去探访他们。

魁星岩位于石鼓镇奎峰山麓，这座海拔 200 多米的名山，在隋唐时期山前的上场堡就是永春重要的政治文化中心，当时的桃林场就设置在这里。奎，是星名，二十八宿之一，它与另一星"壁"并称，古人谓之二宿主文运，也许是永春先人希望这是一座有文化的山，就将奎峰山改名为魁星山。而魁星岩也大致在这个时期建造，庙宇始称"詹岩"，为何称"詹岩"已不得而知，不过这"詹岩"成了那个时期闽南地区著名的寺庙之一。

南宋乾道四年（公元 1168 年），乡人颜应时、陈朴来到詹岩读书，陈朴是著名理学家陈知柔的侄子，也是宋明理学大师朱熹的门人，中进士后，曾先后提辖左藏库、除大理寺正、出知漳州，在位期间，颇有美名。而与陈朴同科的颜应时，史书上的记载不多，但永春民间传说倒不少，比如魁星岩上最早的"魁星公"像就是颜应时雕刻而成的，有"雕形奇古，世间罕见"之说。不过，关于最早的魁星雕像，民间另一传说是颜应时、陈朴的老师雕刻的，传说这位老师有一次在过桃溪时溪水暴涨，无望之时从上游飘来一根巨大樟木，老师借助樟木渡水成功。老先生心想这根樟木必有神奇，于是将其雕成魁星形象，供奉于书斋之中，师生日日焚香进拜。第二年，颜应时、陈朴这两名得意门生竟同榜题名。不管哪种传说属实，时人将"同科两进士"归功于"此山之应，魁星显灵"于是"詹岩"也就改为"魁星岩"，成为天下士子的圣地。

魁星山峰峦叠翠，古木参天，浓荫匝地，林壑清幽，明嘉靖年间，永春进士颜廷榘携惠安诗人黄克晦到此游览，触景生情，移步赋诗，把沿途景致标为十二胜景：万松巢鹤、半岭迎云、茂林幔绿、广庭秋月、梅盘仙榻、烟箩鸟道、吟台悬壁、竹坞佛泉、斗石钟灵、山阴禊迹、曲涧春流、崆硐园石。虽说从颜廷榘游览魁星岩至今已有四五百年，但这一个个充满诗意的景致依然可见。

穿过石碑楼式的山门，映入眼帘的是一方池塘，池中五块巨大的山石相拥相抱，那块昂首挺立的领袖石高约 4 米，上书"魁星岩"三个遒劲大字，池面上浮着莲叶，露珠儿偎在叶子上。碧水、清莲，读过几年书的，哪会想不起濂溪先生的《爱莲说》呢？

绕过池边的小径，前面是一排矗立的百尺苍松，偌大的树冠遮天蔽日，无数枝丫努力伸展，远远望去，就像是团团绿色的祥云，传说古时树上常有白鹤出没，每天清晨，先是三五成群在上场堡上空翱翔，慢慢地汇聚起数百只，朝东方飞去，傍晚披着霞光飞回，为魁星山增添了无限灵气。

穿行于山林古径，当你沉浸在细风柔软的清新中，往往会忽略一阳一光的重量。在这个众生纷纭的尘世，有许多的人选择追逐繁华，亦有许多人只为寻觅安静。他们朝着各自渴慕的人生方向行走，一路上留下喧嚣与清幽的风景，充实了自己，也感染了别人。旧时行人带着怎样的心情来魁星岩寺已无迹可寻，也许是为了一睹魁星公的风采，也许是为了求个仕途通达，也许只是为了找寻心灵停泊的驿站。

微风吹响檐角的铜铃，惊扰了独自飘忽的思绪，只见一座重檐悬山式土木结构的大雄宝殿掩映在郁郁葱葱的青山之中。此殿宇始建于唐武宗会昌年间（公元 841—856 年），南宋乾道年间（公元 1165—

1173 年）重建，明朝中期和清初重修，近年永泰华侨颜彬声捐资重修。整个宝殿面阔五间，进深三间，占地八百多平方米。中室供奉着释迦牟尼，当你抬眉与其对望，只是刹那，会让你多情地以为，她如此执着地端坐莲台，只是为了等待你的到来，这不曾约定却相逢的缘分，更是经久铭心；右室供奉的是清水祖师神像，他原名陈普足，是永春岵山人，少年时落发为僧，于北宋年间在安溪清水岩圆寂，陈普足生前为国为民，行善于人间，世人十分敬仰，尊他为祖师；左室供奉的就是魁星公，只见这位尊神立于鳌头之上，赤发蓝面，怒目獠牙，一只手捧斗，另一只手执笔，一只脚向后翘起如大弯钩，这里也是我国目前仅有的两处供奉魁星的寺庙之一。

　　往魁星岩之前，我是做了一些功课的，传说古代有个秀才，名字已不可考，姑且就直接叫他魁星吧，此人聪慧过人，才高八斗，过目成诵，出口成章，可就是长相奇丑无比，不仅丑陋，又长了满脸麻子，一只脚还瘸了，走起路来一拐一拐的。但是他的文章写得太好了，终于被乡试、会试步步录取，一次次高中榜首。到了殿试时，皇帝亲自面试他的文才，一看他的容貌和画着圈上殿的走路姿势，心中不悦，问道："你那脸是怎么搞的？"他回答："回圣上，这是'麻面映天象，捧摘星斗'。"皇帝觉得这人怪有趣的，又问："那么你的瘸腿呢？"他又回答："回圣上，这是'一脚跳龙门，独占鳌头'。"皇帝很高兴他的机敏，又问："那朕问你一个问题，你要如实回答，你说，如今天下谁的文章写得最好？"他想了想说："天下文章属吾县，吾县文章属吾乡，吾乡文章属舍弟，舍弟请我改文章。"皇帝大喜，阅读完他的文章后，更是拍案叫绝："不愧天下第一！"于是钦点他为状元。

　　这个丑文人的才学、智慧和发奋，使他后来升天成为魁星——北斗七星的前四颗，主管功名禄位。"魁"字拆开来，一半是"鬼"，应魁星的面目丑陋，一半是"斗"，应魁星才高八斗、也应北斗星座。据说魁星手中的朱笔批你是什么你就是什么，文人中传"任你文章高八斗，就怕朱笔不点头"就来源于此。

魁星殿的香火最为鼎盛的日子其实不只是在今天，还有那遥远的过去，那些日子，漫长了一千二百多年的春秋岁月，记得的人真的太多太多。殿内殿外的墙上，处处贴有红纸，上面写满人名，问一正在烧香跪拜的学子，方知凡有学子名士榜上有名，都会来到魁星殿贴红报喜。这就是魁星岩，以仙灵的秀逸深隐于桃溪的峰林山泉中，虽经受时间沧桑的变迁，一怀风骨却不改当年。

走出大殿，前面的石庭宽阔平坦，最是赏月的好去处，尤其是中秋佳节，皓月当空，整个庭院在月光映照之下一览无遗，不留任何墙影，真是奇观，遥想当年颜廷榘与黄克晦在此邀月对酌，吟诗作画，何等惬意。

沿石阶而上，暖暖的阳光穿过秋叶间隙，筛下斑驳陆离的光点，随着微风闪烁，在灰青石径上跳跃欢快的舞蹈。抬眼望去，半空中悬着几面青苔旗帜，有滴水从崖壁上飞落而下，细细看峭壁上有石刻多处，最著名的就是"华严三圣"，这三尊全身半立体佛像依天然岩石因势成形，佛高一丈，身背及顶上的火焰高四米。"三圣"皆脸如满月，耳似悬弓，丰腴圆润，慈祥端庄，衣褶疏密，深浅有度，颇有唐风。毗卢遮那佛头呈粒状发式，额嵌一宝珠，袒胸裸左臂，肩披袈裟，下身着裙，赤足踩双莲，头顶光圈中的蕉形屏别雕一座佛；两旁的文殊、普贤均著宽袖长袍，双臂总覆，内著直裰衣裙，各有一个蝴蝶结，赤足踩双莲。据说周围还雕有30多尊罗汉，皆双目传神，形态逼真，可惜因岁月的剥蚀，已变得模糊不清，这一组摩崖石刻从五代到清朝成形历时千年。

除石像雕外，还有多处摩崖书法石刻，有明万历王豫的七绝诗，清王宝善的题刻，清湘芷氏和可堂氏的五言唱和诗二首，乾隆元年丙辰科（公元 1736 年）武状元马负书的"魁"字以及"迎云""佛道""吟台""文曲华世"等题刻，其中最为人熟悉的当属马负所书的那60 厘米见方笔法苍劲有力的"魁"字，相传若是七岁孩童伸手能触摸到"魁"字，又勤读诗书，长大后必中状元。然而要触摸到这个刻在一方半椭的光滑石头上方的"魁"字，实在太有难度了。

站在这些石雕、石刻前凝目沉思，一粒野果落在我的脚下，弯腰拾起的刹那，我似乎明白，佛道都是通灵性的，他会在有意与无意间悄然地暗合你的心境、你的念想。一种命定的暗示在不知不觉间植入你的内心，在时间经过的地方，也许你会邂逅一段际遇，也许一段际遇会邂逅你。弥漫在魁星岩上的心经，以清澈无尘，宁静淡远的禅韵，像清风一样穿越迷茫的岁月，又像流水一样的浸入你的思想，继而占据你的灵魂，渗透你的骨肉。我似乎明白，魏晋的烟火依稀在昨天萦绕，于寥落时觅求繁华，又在璀璨中寻找淡然；在疏离时渴望热烈，又在喧闹中向往宁静。

走过一道深邃的风景，又会落入另一道悠远的风景中，从桃溪的这头到那头，究竟是你在看风景，还是风景在看你？抬头仰望，那一座巍峨挺立的留安塔，以从容淡定的姿态，矗立于双鱼山之巅，禅坐于莲花之境，悠闲度日，无意春秋。

走近留安塔，面对它的古老与沉稳，面对它的伟岸与平和，面对它悠悠岁月里的前世今生，无不叫人在惊叹中生发出浓郁的情愫。桃溪在县城云龙桥下一公里的地方来了一个大拐弯，这里的百姓原来都姓留，所以这地方被叫留湾，以后又雅化为留安。据说宋元之时，正在泉州任职的留天禄，不愿在蒙古人统治下的元朝做官，桂冠回到永春改留为刘，自此以后，留安的留氏都改成刘姓，然而留安的地名不曾改变。留安的确是个好地方，气候宜人，夏无酷暑，冬无严寒，风调雨顺，物阜民安。双鱼山上风景独异，根据记载，留安这地方曾经建过两座塔，一叫文明塔，一叫文峰塔，文明塔立于溪边，为清乾隆壬辰年（公元 1772 年）永春知州广东人张所受修建，后被洪水冲毁。文峰塔建双鱼山上，为当时永春知州安徽人姚任道根据历史传说和百姓要求于乾隆壬寅年（公元 1782 年）予以重建，重建的文峰塔为七层石塔，素面实心，然而这座塔在 180 多年后的 1961 年毁于一场台风。如今的这座留安塔是 1984 年永春旅港同胞颜彬声、梁披云、陈吴爱惜等捐资重建。据说在兴建时发现了乾隆旧塔基以下的另一个基础，在一个八卦葵花穴中出土了陶瓷器、铜器、印章、铜钱等等，而铜钱最早是北宋庆历通宝（公元 1041—1048 年），最迟是明崇祯通宝（公元 1628—1644 年），有可能在双鱼山上建塔始于北宋。

　　站在留安塔下，凭眼远眺，顿感八面来风，吹起我的衣襟，翩然欲飞，桃溪"澄江如练"，从城东飘然而至，在双鱼山下突然一个轻轻地转身又向北而去了，山下的城区影影绰绰，庄严而朴实地静静地祥和地立在那里，那么悠闲，那么怡淡，高楼大厦与周边的山山岭岭连成一片，随着地势的起伏，像涨潮的海水般波动着，真有点"万里风光尽收眼底"的感叹。仰头望塔，只见那高耸云头的塔身沐浴在阳光里，周身发出熠熠光辉，这种光辉自上而下倾泻，闪烁着柔和的氤氲，温暖人的周身，令人倍觉轻松，仿佛要融入留安塔宽厚的胸怀中。

　　今天的留安塔，集亭、台、楼、阁于一体，以花岗岩石为材料，结合钢筋混凝土构筑，平面八边形，塔高二十五米，台基上七层七间，八隅有柱，饰以斗拱，仰托上层，层层出檐，翘背雉尾，线条流畅，层次分明，橙红色的琉璃瓦当，在灰色花岗岩砌体和青山绿树的映衬下，显得更加庄严肃穆，一层正门上端，镶梁披云先生手书的"留安塔"三字，真金闪烁，圈以花草图案，格外别致；正门左边是梁披云先生撰并书的《留安塔记》；一层的四个壁上还雕刻有"持国""广目""增长""多闻"四大天王形象，分镇东西南北主位。一至七层每层有四个门，环以回廊扶栏可通上下。登塔而上，几处转角，仿佛与曾经的某段时光交错，又与许多擦肩而过的身影相撞。身处塔身高地，出塔堂入外廊，天空矮了，在蔚蓝的天穹下，塔仿佛就顶着天庭，感觉一刹那间天人合一。一缕游走的闲云自身边飘过，这如梦如幻之境会让你忘记身在何处，忘记了先人的背景足迹，忘记了尘世所给你的一切。

携带着故事去看风景，多了一层华美与内蕴，而思想也在故事的趣味中得以升腾。暂别了楼台古塔，让目光引领着步履去追寻远去的情境，在烟火中悟真味，于流水中听足音，穿过红尘紫陌，荡漾起岁月的馨香。

天接云涛连晓雾

　　多年以前，为了观赏奇幻瑰丽的太姥山日出，与友人一起夜宿白云寺。白云寺始建于唐开元十三年（公元 726 年），因其位于太姥山最高峰摩霄峰上，又称摩霄庵。据说在清乾隆年间重修时，僧众达三百余人，最为鼎盛。在白云寺右侧的一块大石壁上，镌刻着"天下第一名山"六个大字，为东方朔题写，可惜由于年深日久，字迹已模糊不清。

　　山中的夜，寂静得让人发怵，唯有银白色的月光恣意地倾泻着，微风过处，僧房里就摇落下些许破碎的光斑，仿佛流淌的月光溅落起的水花。恍惚中，我似乎听到了隐约的钟磬声、诵经声，那时断时续的声音，宛如高空飘飞的云朵，又好似挂于树梢的青烟，飘忽、闲淡、悠远，一夜无梦。

　　早早地起来，推开厚重而又叽叽哑哑作响的寺门，却发现原来在室内所见到的那一片黑蒙蒙的户外景象，不是蔽天的乌云，而是清晨的浓雾。浓重的大雾弥漫在天地之间，好像从天上降下一个极厚而又极宽大的窗帘，我的视线全被雾挡住了，空间只有眼前这么大。在分不清东南西北、辨不明四面八方之际，不由得感受到这天地之间，仿佛只剩下我一个人似的，而那种无名的孤寂感也立即涌上整个心头。

　　走出寺门，一阵山风袭来，裹着阵阵寒意。在浓雾中观景，视野固然有限，心思却是无穷，山形缥缈不定，树影隐现横斜，在若隐若现、若即若离之际，总能开启内心无限遐想的空间。终究，心灵无器，宇宙有涯，当胸怀开阔之际，思维自然驰骋，一切的孤独与寂寞，似乎也就随之而淡化于无形了。

　　我们隐没在白茫茫的浓雾里，向百米开外的观日台摸索地行进，树林间的雾，时而聚合，形成一片白色的雾海，时而散开，像一朵朵浮在空中的雾花。浓雾夹带着水气，把一颗颗"水银珠"轻轻地戴在人们的头发上，让人有种冰凉潮湿的感觉。微风吹拂，那雾推搡着，一忽移动、一忽停滞、一忽凝聚、一忽散开……这么浓的雾，还能够看到日出吗？大家心里疑惑着，一位友人得意地说：俗谚云"早晨有雾，晴朗如故""雾里日头，晒破石头""清晨浓雾重，天气必久晴"，你们就放心等着看日出吧。

　　当我们跌跌撞撞地来到观日台，只见雾气随着轻柔的山风飘舞着，人亦有了轻飘飘飞仙般的感觉。不经意间，天际的云层蓦然拨开一条缝隙，泛出丝丝的红意，一缕缕霞光躲在白云后面亮亮地透了出来，很快，一片黄色潮头奔来，顿时观日台披上了金色的盛装，日轮幻变成一条条轻轻舞动的灿烂的绸带，在东方的天边恣意般地流泻着。那轮旭日掀开了云幕，撩开了霞帐，缓慢上升，逐渐变成小弧、半圆，然后微微一个跳跃，腾空而起，拖着一抹瞬息即逝的尾光，带着一种挣脱的力量在跃动，向上、向上、一直向上……黎明的复苏就在此刻，生命的悸动就在此刻，原本寂静的山峦、树林、云朵，好似开了大合唱，各种清脆地馨鸣欢悦指尖，偶见一抹剪影飞向天际，又突兀地消失在绿色里，或者一群光影滑过曙光，掀起阵阵涟漪。晨光总是如此，清香的空气眷顾着不褪色的美丽，不经意间总能带给天空无可比拟的魅力。当一米阳光慢慢地靠近我，抬头就是魅力，低头就是美丽，向前看，青山复青山，白云叠白石，倘若你懂得美，你就会不自觉地把心敞开，在青山与白云深处找一个桃花源，那里不会有喧嚣，也不会有匆匆倦客，脱离了繁杂尘世，只寄一叶扁舟，赏尽山光水色，看遍林花草木……

沉思之际，忽听友人惊叫"佛光！""佛光！"啊！果然一个巨大的、五彩缤纷的光环，呈现在不远处的薄雾中，它的彩带显现出红、橙、黄、绿、青、蓝、紫七色，绚丽极了。最外一层的红光圈如斑斓的日珥一样，光彩夺目。在巨大的光环中还有人影晃动，若隐若现，这是我和友人们的影像。我们激动得手舞足蹈，光环中的影像也随着跳动着。白云飘忽，雾气氤氲，光环时隐时现，时浓时淡，开合幻化，我真有点"目睹佛光惊神魂，飘飘欲飞似仙人"了。

美丽的佛光是太阳照射云层或雾层上形成的色彩光环。云和雾都是由空气中的水蒸气凝结而成的，而云雾又是一些颗粒极小的水珠，当太阳光照射云雾时，这些小水珠就像三棱镜一样，会产生折射作用，把原来白色的阳光分解成红、橙、黄、绿、青、蓝、紫七色，就形成了我们所看到的彩色光环。佛光的大小和位移以及清楚与否，都和云雾的变化浓淡有关。有适合的云雾"屏幕"，阳光在特定的环境下照射，就会显现出佛光。当云雾中有大小尺度不同的水滴同时存在时，还可以形成两个以上大小不同的同心光环。佛光是很不容易见到的奇景，传说太姥山的佛光是太姥娘娘显灵，要接引那些已修炼功成圆满的人到极乐世界去。倘若登太姥山的凡人能见到佛光，那是非常幸运的事。

身边云雾流逝，天渐渐变得明亮，极目远眺，白茫茫的云雾，形成延绵不断的大海，填满整个山谷，充斥着周围的群山，烟波浩渺，浩瀚无垠。衔远山，吞河山，气势恢宏，气象万千。在大自然面前，我感受到自己的渺小，也体验到贾岛诗句"只在此山中，云深不知处"的旷远，令人百感交集，遐思不断……

太阳渐渐升高，柔美的阳光洒落在云雾上，在云雾深处产生出蛋青色的透亮，云蒸霞蔚，景色颇为壮观。云雾开始变得松软而细腻，填塞在沟壑里，潆绕在山腰间，一望无际，似柔美的轻纱，迎着山脉延伸，"九鲤朝天"犹如一条条锦鲤在白色的浪花中跳跃；"金龟爬壁"的大金龟正艰难地探出水面一沉一浮地努力爬行，它是想得到头顶上那只太姥娘娘的绣花鞋；"天猫扑鼠"的大天猫虎视眈眈地看到若隐若现的老鼠，仿佛就要纵身一扑……山中的景致在云雾中都变得那么活灵活现，让人目不转睛。我忽然记起明万历年间诗人李梦帅《登摩霄峰》诗："探奇直上最高峰，极目遥天意不穷。石壁烟云全杳霭，河沙世界半虚空。溪声咽石危桥下，海色含涛落照中。心地顿然超物累，上清宫阙夜应通。"顿觉豁然开朗，心旷神怡，宠辱偕忘。

正午时分，云雾逐渐变得浓厚而密致，如波涛般连绵起伏，幻化出朵朵白色的浪花，与蓝蓝的天空形成了强烈的反差，更显得天空的蔚蓝辽阔，更显得云雾的洁白无瑕。那朵朵雪白的云雾，时而飘逸出座座雪山，时而幻化出条条瀑布，时而挥弹出团团棉絮。而在云雾的稀薄处，隐约地显露出一个个深圆的石柱，仿佛初嫁的新娘，羞答答地掀起神秘的盖头，探出美丽的脸庞，窥视着周围的人群和迎面而来的新郎，令人浮想联翩。一幅幅亦真亦幻的画面，清新淡雅，扑朔迷离，神秘莫测，充满了美丽的雅致。

午后，白云寺住持邀请我们到他的禅室品茶，不大的禅室充盈着檀木散发的阵阵幽香和禅院祈诵的极乐清音，让人顿觉宁静和安详。住持从一个锡罐中小心翼翼地抓起一小把毛茸茸的茶叶，放在手掌上展开给我们看，神秘地说："这就是山中的绿雪芽！"我们顿时肃然起敬。

住持把茶叶放入一个透明的茶壶里，然后往茶壶里冲满滚烫的开水，不消片刻，那些细长鲜嫩的茶叶立即舒展开了它窈窕柔软的身躯，在热水的冲浪中以优雅、迷人的动作不断上演着翻滚、沉浮，绽放的舞姿……

不一会儿，通体黄绿的这壶茶水呈现在我们眼前，住持让我揭开盖子闻一闻，当我怀着激动而忐忑的心揭开这个分量无比沉重的壶盖，直视这承载着太姥灵气、天地精华的茶水时，一股馥郁清香、醒目怡神的味道立即充盈了我的肺腑，刺激着我的神经，我连连称赞它的妙不可言。

当平滑、柔顺的茶水从口中缓缓流向蠕动的肠胃时，仿佛五脏六腑的每个器官都向这吸收了太姥仙气的液体发出了不可遏制的呼唤，它的出现，让身体的府谷之气、经络血脉都为之一亮，茅塞顿开。

这茶叶既然生在佛教名山中，雪芽一名的来由，多半与空门僧人有关，住持说，它正是隋末唐初太姥山茶僧所取，其称谓同太姥山独特的自然气候密切相关。我眼前仿佛看到清明时节白雪尚未融尽，云雾氤氲的雪野下茶树发出的新芽若开若合，次第绽放于太姥山的高山密林之间，远远望去似白雪翡翠，晶莹灵动，鹅黄嫩绿，楚楚动人。虽然它没有"碧螺春""龙井"那样名重当下，可它一样以传奇般人物似的进入了人们的视野，一提到这个诗意般的芳名，就会令人浮想联翩。明末诗人周亮工在品茗之余脱口吟出了《绿雪芽》一诗："太姥声高绿雪芽，洞天新泛海天槎。茗禅过岭全平等，义酒应教伴义茶。"

不知不觉间，太阳光逐渐暗淡了下来，这时，周围的天空也像被感染了似的，蓝天被染红了一片，尽管此时雾已几乎完全消散，但周围的云层让人感到仍处云端，朦朦胧胧，如梦如幻，我想"荡胸生层云"就是这样的场景吧。

太阳的脸越来越红，似一盏大大的红灯笼，西边的天空被晚霞弥漫了，像铺开了一张红色的丝绸，太阳渐渐地躲在红色的云层后面，从圆到半圆，再到月牙，越来越小，消失得无影无踪，只留下一片灿烂的云雾在天边。

太阳已然落下，云雾依旧缭绕。在这一天之中，从晨雾弥漫到日出云聚，从佛光缥缈到晚霞笼罩，太姥山绵绵的丰采，在我的心灵深处频频移步换景，平添了几许遨游的无限空间。终究，宇宙的循环往复本来就是无始无终、生生不息的。然而，在这大自然的恣意泼洒中，能够让人深切地体悟到在晨雾与晚霞之间，那番深层的意境以及隐含其中的无限哲理……

天上的西藏

西藏之行从格尔木开始，格尔木原是茫茫戈壁滩，20 世纪 50 年代解放军驻扎在此地修建青藏公路后，才慢慢形成了一个城市。其实早在 1958 年西宁到格尔木的铁路就开始建设，直到 1979 年才通车，应该算是青藏铁路的一期。此后就偃旗息鼓了二十多年，直到 2001 年格尔木到拉萨的铁路从格尔木开始建设，2006 年 7 月 1 日建成通车，青藏铁路全长 1956 千米，克服千里冻土、高寒缺氧，生态脆弱三大世界级难题。

坐在火车上，感觉很平静，开的很慢，太快了很容易造成缺氧的现象，广播里播放着韩红的《天路》，优美的旋律让我真切感到天路之旅开始了，兴奋而又紧张。车窗外天蓝得那么纯净，白云一朵朵镶在上面，就如一幅美丽的画，忽然天阴沉下来，下起了雨，一会儿又变成了雪，还来不及多惊叹几下的时候，天空又一次显现了这边雨雪那边晴的状态，漫漫的雪山连成一片，最高的就是昆仑山，玉珠峰掩藏在云雾中，若隐若现，过了昆仑山，广播里传来可可西里到了，从车窗望去是一片白茫茫的戈壁无人区，隐隐约约有藏羚羊在风雪中吃草，还有几头野驴、野牦牛，大家高兴地喊叫，庆幸自己的运气好。过了可可西里就是唐古拉山了，世界铁路海拔最高点 5072 米到了，因为火车里供氧，我们根本不可能有高原反应。翻过唐古拉山天气转好，蓝天也多了起来，远远地看到措拉湖，清澈的湖水，湖边放牧着一群群的羊和牦牛，白云低的似乎触手可及。火车快到拉萨时，藏民的房子渐渐多了起来，两层的白色小楼，白色的围墙非常醒目，树也多了起来，还有许多条雪山水流淌成的小河，当远处的雪山被夕阳染成金色的时候，我们终于到达拉萨，晚 9 点的拉萨天还是很亮。坐上旅游公司的大巴，热情的藏族导游向我们问好，拉萨的黄昏静默而深沉，在同车旅友的一片惊呼声中，我们看到了夜色下的布达拉宫，在灯光的照射下，红白黑相间的砖墙在夜色下充满了神秘，周围皑皑的雪山和巍峨的布达拉宫交相辉映，美丽而庄严。

　　晨起，从宾馆房间向外眺望，雪山在阳光的照耀下，愈发显得洁白晃眼，蓝蓝的天空，没有一丝云彩，而近处红白相间的藏族民居也在诉说一种异域风情，一个纯洁的世界，没有喧嚣，没有欲望，真的是一种心灵的享受。早餐后，乘车前往大昭寺，虽然天还很早，但是大街上到处是前去布达拉宫朝拜的藏民，他们满脸虔诚，穿着盛装，手里摇着小转经桶，神态安神地走在大街上，导游介绍说，转经桶是藏民最为神圣的宝物和圣物，里面装着六字真经，每转一轮，表示对六字真经就朗诵一次。读得越多，对佛越虔诚，可得脱轮回之苦。我们在八廓街下车，这是环绕大昭寺的著名步行街，在这里你几乎可以领略到古老高原上几乎所有的特色文化载体：神奇的藏药、精美的唐卡、古朴的藏刀，还有经轮、哈达、念珠、青稞酒、酥油茶等等，真是琳琅满目，应有尽有，成为西藏最具名气的商品街，最具宗教文化内涵的街。漫步在八廓街上，你会发现几乎所有的藏民都会沿着顺时针方向走动，手里捻着念珠或转摇着经轮，嘴里不停地念着六字真言，有的身旁还跟着挂有红布条的放生羊，每个藏民黝黑的脸上都挂着庄重和安详。随着人流，我们来到大昭寺，大昭寺距今 1300 多年，为藏王松赞干布为迎娶大唐文成公主而修建的，由门廊、庭院、佛殿、回廊、天井及分布四周的僧舍等组成。门廊顶置鎏金法轮、卧鹿，左右两边有四大天王坐像，庭院内一圈为回廊，因回廊四壁绘有千佛壁画，故又名"千佛廊"，木质佛殿的金顶飞檐上的饰物有雕刻

的神仙、法轮、宝塔、龙、凤、狮、鸟等，佛殿内有释迦牟尼殿等 8
座，大昭寺内藏有大量的历史文物和艺术珍品，特别是文成公主从内
地带来的释迦牟尼 12 岁等身塑像尤为珍贵，全世界仅存两尊，使大
昭寺成了传播佛教的中心圣地，来朝圣者终年络绎不绝，不少藏民不
远千里，三步一叩，五体投地，一步一步来到这圣洁之地。寺前终日
香火缭绕，信徒们千百年来虔诚的叩拜在门前的青石地板上，留下了
等身长头的深深印痕，真诚的信仰和无限的虔诚让人动容。

离开大昭寺，我们前往布达拉宫，布宫耸立在拉萨市的红山之
上，这座雄伟的建筑我在新闻联播之后的天气预报节目中和图片上千
百次地见到它，它是西藏的象征，在我直觉中它非常遥远，远得不可
及，今天终于来到它的面前，如梦似幻。布达拉宫是一座庞大的建筑
群，依山而筑，以岩崖赤基石，以雄峰为屋梁，山为阶梯，云为装
束，巍然屹立于蓝天下，极具神韵，有着摄人魂魄的魅力。比血还深
沉的藏红色花，云一般纯净的白色，珍贵神秘的黑牦牛色装饰着宫殿
围墙，层层叠叠，错错落落，一如展开的画轴，叙述着西藏独特的历
史、独特的文明，它又如一部精美的书简，随性地搁在拉萨的山脉
间，经受日月的检阅和风雨的洗礼。它自然、雄伟、壮观，有西域的
浪漫神奇，更有王者的尊严和霸气。布达拉宫的建筑凝聚了藏人的智
慧，宫墙用草原上的白马草经过藏红花等藏药的浸泡制作为填充物，
既减轻墙体的重量，又防腐防蚀经年不朽，宫闱用的是黑牦牛的长毛
纺织而成的帘子，遮阳透气又冬暖夏凉，而砌墙修道用的材料也是藏
族所特有的，它们甚至用上了青稞碾打而就的粘粑，也许这就是世上
最牢固的黏合剂吧。拾级而上，屋里屋外飘荡着浓郁的藏香，那是梦
中的仙香吧，竟觉似曾相识。

布达拉宫最初是松赞干布迎娶文成公主的行宫，东部的白宫是历
代达赖喇嘛居住的地方，中部的红宫是佛殿及历代达赖喇嘛灵塔殿组

成。当你走进那重重叠叠、幽幽暗暗、烛光恍惚、富丽堂皇的宫殿，去品味他的历史，去追寻你的佛缘时，你会发现，这里没有因也没有果，没有开始也没有结束，不管是虔诚的佛教信徒，还是远来的游客，这里的每一件器皿，每一个装饰，每一幅壁画，都蕴含着佛教的博大与精深，没有人分得清哪是昨天哪是今天，哪是历史哪是现实。走进布达拉宫，你便进入了时光的魔幻中，西藏千百年历史沧桑与藏传佛教的发展演变，书写了今天西藏灿烂辉煌的文明史。

顺着后山的路，走出布宫，下到山脚，抬眼望向这座神圣的宫殿，藏传佛教带给我们的灵魂洗礼还在深深地震撼着我，酥油灯谜一般的光亮，藏香谜一般的诱惑，诵经者谜一般的声调，转经人谜一般的身影，是那么的诱人，这是心灵之旅，我将带着一颗虔诚的心，去追寻心中的那份美好，去顿悟生命存在的真谛，去感恩生活的无私和馈赠。

因为第二天一大早要去纳木错湖，晚饭后早早睡下，这一晚睡得很踏实。我们出发时天还未亮，深蓝的天空上撒满了星星，平生第一次看到这么多、这么亮、这么近的星星，仿佛一伸手就能触摸到。去纳木错的路上，经过羊八井，有名的羊八井温泉就在这里，应该说羊八井的地热泉水，是上天赐予这片圣土的又一颗璀璨明珠。西藏的初秋风吹来已能刺骨，远处的雪山更是映衬出阵阵寒意，羊八井一口口露天温泉升腾出一股股白色的雾气，像轻纱一般，飘荡在空中，住在温泉边的藏民，把生鸡蛋放在泉水中，一会就熟了，跑前跑后地叫卖，还有几位勇士赤身露体在那泡温泉，真是天人合一。

去纳木错要经过海拔5150米的纳根拉山口，这是攀登珠穆朗玛峰大本营的高度，即便是在最温暖的季节，纳根拉山口风也很大，且温度很低，上山的路在雨季会形成沼泽，有时也会大雪封山，所以经常会禁止车辆通行，好在我们的运气真不错，一路顺畅。大巴在纳根拉山口停了下来，走下大巴，感觉呼吸困难，头也晕乎乎的，双脚如同灌铅一样沉重，走上几步，就要停下来喘上几口，记得以前从电视上看到登山运动员登顶珠穆朗玛峰，看到离山顶只有 100 多米，还要放在第二天登顶，心想这么点高度，抬腿不就上去了。来到高原，登上不算太高的纳根拉山才发现，这样的海拔高度，登山就已经困难了，何况在极度缺氧的珠峰，更是举步维艰。

高原的环境有多么恶劣，只有亲自到过高原的人才知道，在雪域高原如此险恶的生态环境，生活在这里的藏民，依然能够坦然面对，从容生活，这样的人生态度，让人不由得心生敬佩，这也许就是雪域高原吸引人们不远万里前来追寻的魅力所在，高洁的灵魂之花，常常盛开在神圣的雪山之巅，这里的一草一木、一山一水，都是上天赐予高原的圣灵之物，看那飘扬的五色经幡，堆放的玛尼堆，旋转的转经筒，一次又一次地匍匐在雪域大地上的身影，心中装满的是敬仰与崇拜，面对海拔 5 千多米的纳根拉山，此刻即便你是站着的身躯，其实，灵魂已经匍匐在这座神山的脚下。

纳根拉山上没有树木，只长着些耐寒耐旱的多肉植物，稀稀疏疏的，一丛一丛地长在满是沙石的山坡上，我们在刻有海拔 5120 米的大石块前照了相，就匆匆地下山了，有的游客边走边向天空撒着印有经文的纸片，风一吹如万千的蝴蝶向四方飞舞着，我们晕乎乎的赶紧上车吸氧，从车窗望去纳木错盈盈的一湾碧水镶嵌在群山之中，天地相接，水天一色，辽阔而壮远。

纳木错是西藏三大湖之一，也是西藏第一大湖泊，纳木错藏语为"天湖"的意思，因为湖面海拔 4718 米以上，靠近天空，如同蓝天降到地面。纳木错湖靠近念青唐古拉山，由于被佛教信徒们赋予了神秘的宗教色彩，以及流传下来的神话影响，她成了教徒们心中的圣湖，每年都有来自云南、青海、甘肃等地的信徒们磕着长头，满怀虔诚，踏着风霜雪雨，来到这里朝拜。人们想象中的念青唐古拉山是一位威武的男神，骑着白马，头戴盔甲，右手举着鞭子，左手拿着念珠，在北方诸神灵中最具权威，它拥有广大无边的北方疆域和丰富的宝藏。而纳木错则是帝释天的女儿，美丽娴惠，双眸清澈圣洁，她与念青唐古拉山相依相偎，结成夫妻，成了一对人们心目中相依相爱、生死不渝的有情人。车子下山，七弯八绕，又前行了快一个小时才到达湖边，纳木错的周围是广阔无垠的湖滨草原，这里水草肥美，牛羊成群，牧民们跃马扬鞭。湖中波光粼粼，鱼群时而跃出水面，而候鸟都从南方飞来，翱翔在湛蓝的湖面上。蓝天白云下，静谧安详的纳木错充满生机，意趣盎然，纳木错这份大自然的恩赐，已经成为牧民心中美好幸福的象征了。尽管才是初秋，在纳木错湖边，已经是比较寒冷了，加上4700多米的海拔高度，长时间的停留已经有些困难了，很佩服那些虔诚的"转湖"者，信仰的力量真的强大，那些驻扎在湖边的游客，也让人敬佩，想想不远万里，跋涉而来，偎依在这神山圣湖边，感受那份来自天堂的温暖，心里不觉也有丝丝的感动。大家恋恋不舍地告别圣湖。

在返回拉萨的路上，我们不时看到三三两两徒步前往布达拉宫、大昭寺朝拜的藏民，他们身着破旧的衣裳，手里套着皮套和木屐，三步一拜，全身匍伏地上，用身体丈量西藏的山山水水，他们古铜色的脸上毫无表情，古板木讷，目不斜视。在他们身后跟着的帐篷车上，堆放着他们生命火花的生存食用，他的家人静静地在车上，风餐露宿，风雨无阻，也许要走上几个月、几年，一路上都有病死、累死、渴死的危险，也确实有一些人消殒在漫漫路途，支撑他们的只有一个信念，要拜到布达拉宫、大昭寺去，那是佛的天堂，让佛来超脱。这就是与天齐的信仰和决心驱使下的惊天之举。

仓央嘉措诗里写道："我说：我情愿做红尘路上一颗忧郁的石子、

水湄、绿堤、枫桥。一泓柔波，撩了风动，软了尘心。"短暂的西藏之行，如同一粒石子投入西藏这片宁静的湖面上，在这里的每一天，我都踮起脚尖，洗净自己的灵魂，在这纯洁的世界里，享受天堂般的超脱，我不敢用世俗的眼光来揣摩这里的圣洁山水，心中满满的是敬仰与尊重，她撩动了我们每一个人的心扉，让我们动了情，软了心，迷上了这片神奇的土地。

西藏，一个让人魂牵梦绕的地方，一个让人欲罢不能的地方，一个让人回味无穷的地方，与你的相见是我们前世的约定，让心灵与你长相守。

天造古陆在此间

26.8亿年前，茫茫大海中抬升起一块陆地，这就是现在的建宁。这块陆地逐渐向周边延展，形成了福建乃至华东地区最古老的地质体——闽北大陆，以建宁伊家乡天井坪为代表命名的上太古界天井坪组，为福建最古老的岩石层，是华夏古陆核心重要组成部分，建宁也就被称作"华夏古陆"。

怀着一颗寻幽心，念着一段思古情，我们欣然踏上这块亿万年的土地。汽车从县城出发，在悠扬的长笛音乐声中向天井坪进发。凭窗远眺，远山近树像全景大屏幕般一路展开，公路两旁，耸立着两排高大挺拔的杉树，在晨风的吹拂下，满树的叶子婆娑，尽情地舞动着一路葱茏的绿色；远处连绵起伏的山峦，带着花岗岩地貌特有的形状和颜色，不时地牵动着我们的视线，时不时能让你惊喜地看到路边忽然窜出一只山鸡或白鹭展翅向林中飞去。经过一个小时的车程，我们来到天井坪的山脚，一袭山风从幽谷中吹荡过来，我触摸到了古陆的心跳，将我深深地诱惑。

站在山脚，首先映入眼帘的便是那郁郁葱葱的翠竹，根根笔直粗壮直冲云霄，顺着竹干朝上看去，只有一种高耸入云的感觉，抚摸着坚硬的竹节，心中有种莫名的感动。这些竹子立于这亿万年的土地中，孤独坚毅地生长着，不问世事几多，不问光阴几许，一年如一日的兀自生长着，它是孤傲的，也是刚毅的。

沿着竹林中一条窄窄的山路前行，阳光透过竹叶，筛子般洒下片片金光，让人有一种迷离恍惚之感。路两旁长满了茂密的绿色植物，不时还会看到几朵于万绿丛中冒出来的花朵，虽不知其名，但也分外好看。脚踩在小路上，感觉湿哒哒的，昨天刚下过的雨，让这条通往前方的幽径小道留下我们一串串的脚印，随着不同景色的出现，让我原本平静的心有了些许的激荡。

穿过竹林便是遮天蔽日的树木，满眼的绿色遮盖了蔚蓝的天空，抬头看去，仿佛身处在绿色的海洋中，在这里，走每一步都会发现不同的风景，每个角度或者说每个方向，都会给你留下不同的感受。一路上有很多的蝴蝶，黄的、白的、黑色带花纹的，还有如枯叶一样的枯叶蝶，它们有的独自舞蹈着，有的两两盘绕着飞舞。还有不少的"金蜻蜓"，比我们往常看到的蜻蜓小许多，它浑身除了翅膀的边缘都是黑色的，而翅膀边缘的蓝绿色仿佛带着荧光，在阳光的照射下，反射出耀眼的光芒，好像是一群森林中的蓝精灵。

这里的一切都是无法想象的清澈干净，有碧绿的树木，茂盛的植被，苍翠的毛竹，还有潺潺的流水，翩翩的彩蝶，缤纷的小花。有太多的风景让我的双眸无法抓住，但却牢牢地记录在了心里。那份美，天然的令人心动，一眼望去便再也不愿移开视线。我向来爱绿，爱那份自然的绿，它是可以将浮躁的心瞬间平静下来的魔力，它更是让人有种突破时间界限的活泼的力量，可以让烦躁的心生出平静，让平静的心生出活跃，让活跃的心如一股清泉般不急不缓的流出自己最美的状态，也许这就是华夏古陆才有的魅力吧。

走出树林，眼前豁然开朗，近处地势缓慢升高，形成平斜相间的梯状结构。在这些梯状平坡上，零零星星坐落着一幢幢的房子，有土木结构的，也有石木结构的，然而都已是人去楼空，随行的伊家乡党委黄国荣书记告诉我，这里就是天井坪自然村，最热闹的时候住着300多人。我凝眸远望，连绵的群山蜿蜒曲折，无边无际，除几处高大的断崖陡石裸露，闪着玉白色亮光外，满山遍野淡烟罩体，翠色如黛，四周一派静谧安详。早已停歇了刀耕牛犁，闭锁了鸡鸣狗吠，古村犹如处子般静卧于万古不灭的天地之间，瓦上的野花蓬草，墙上的青苔红藓，已将岁月的沧桑展露。

村旁有一口泉井，边上立着一块岩石，上书"天井"两字，井旁苔藓斑斑，井水清澈见底，水里茂密的水草随着泉水的喷吐微微飘拂。据说喝了天井的泉水都是生男孩，而好男儿都志在四方，天井村也因了天井的泉水而遗落。突然从水中传出深沉的久违了的石蛙的鸣叫声，这咕咕咕声在山间回荡，越发显得幽静。

沿着沙石坡路缓缓而上，来到一片凸凹不均，参差不齐，五光十色的岩石区域，一块块大小不等的岩石，有的显暗红色，表面鼓着核桃大的黑色；有的质地柔滑，中间印有斑斓的条花；有的墨黑带红，细粒多孔；有的银白，显示出玻璃般的光泽；有的墨绿，表面粗糙。观察者因所在角度不同，会看到各种不同的颜色变化，异彩纷呈，让人叹为观止。传说，这块方圆几十亩的地方就是最早从海洋中隆起的地方。

据地质研究，闽北境域各地史时期之沉积建造、岩浆活动、变形变质特征及地壳构造运动特征表明，其地史演变基本上可划分为六个阶段：晚太古代——早元古代；中元古代——晚元古代早期；震旦纪——早古生代；晚古生代——早中生代；晚三叠世——白垩纪；新生代。地层结构发育完整，自下元古界至新生界共有 12 个系，37 个地层单元包括变质岩、侵入岩、火山岩、沉积岩四大岩类。其中，最古老的岩石层就分布在建宁一带的晚太古代天井坪组。

站在这块神奇的区域，如同置身飞奔的时空穿梭机上，映入眼帘的是一幅波涛翻滚的茫茫大海的动感画面，刻入记忆的是地球亿万年翻天覆地的造化历程。在地球发展的漫漫岁月中，在距今 26.8 亿年前建宁发育了一套沉积岩，经过多次的地壳构造运动，侵入变质构成的地质体，这一套地层在建宁伊家乡的天井坪有最完整的出露，因此这一岩石层在地质学上被命名为"天井坪组"，福建地质调查机构在深入研究变质岩岩石组合，原岩沉积建造及变质作用特征基础上，结合同位素年龄资料，将这一区域变质地层命名为天井坪组，并进一步划分为两个岩性段（厚度大于 855.3m）时代归属晚太古代。"天井坪组"在《中国岩石地层名称辞典库》中注释为："天井坪岩组，时代为 Ar3—Pt2，于 1990 年由福建区域地质调查大队命名。特征为中酸性——基性火山复理石建造的厚层黑云斜长（或二长）变粒岩夹斜长角闪岩及片岩、石英岩组合；下未见底，上未见顶，岩露厚约 262～855 米。"

我有幸游览过建宁的金铙山，海拔 1858 米，为福建境内第一高峰，也是泰宁世界地质公园五个组成部分之一，金铙山就是典型的花岗岩石蛋地貌。山上最险处就是沿着花岗岩石壁凿成的栈道，立于栈道，向上仰望，壁立万仞，俯视脚下，千尺深渊，远望绿林莽莽，奇石耸立，近观云雾蒸腾，流云绕崖。它的险和美，足以动人心魄。这就是华夏古陆展现给世人的险美奇观。

花岗岩地貌在高温潮湿的地方发育的好，而在寒冷干燥的地方，则发育的不完全，这也正是花岗岩地貌在南方比较多见，北方却很少看见的原因。一般来说，石蛋主要分布在山顶和缓坡上，山下较少，石蛋的形成皆与发育在白石顶山的巨大花岗岩体有密不可分的关系。由于花岗岩体内断裂发育，大块岩石会沿断裂面崩塌，经过经年岁月的磨蚀作用，形成了球状、浑圆状、柱状等各种形态的石蛋。大自然把石奇、洞深、水清、崖险的花岗岩地貌景观呈现给了人类。

建宁，这块历史久远的华夏古陆经历了几十亿年各阶段完整的地质变化，形成了多种多样的地质构造遗迹，呈现了丰富多彩、奇妙无比的地质景观，是一个研究火山爆发、地质沉积、复活隆起、岩石的次生变化、破碎情况、裂隙、孔洞和矿物结晶等构造学科的天然博物馆，这是地质地貌科普、科研开发利用的巨大宝库。

独特的自然环境和生态系统造就了独特的农业耕作条件，生产了一批享誉国内外的优质农副产品，如建莲、黄花梨、猕猴桃、伊家稻、明笋干等，建宁也因此成了国家和省级商品粮基地县、全国南方重点林区县、国家级生态示范区、中国建莲之乡、中国黄花梨之乡、全国杂交水稻制种基地和全省烟叶生产基地等。

天井坪此刻是孤独的，它安静的只剩下风声水声，但它并不寂寞。于它的内心中，它是丰丰满满的，它有高山树木、岩石厚土、碧潭瀑布。它吸收天地日月之精华，四季更替，春去秋来。不论花开花落，还是云卷云舒，它都拥有不同的美丽繁华；不论海角天涯还是沧海桑田，它都保持着自己独特魅力；不论春花秋月还是斗转星移，它都沉淀着那份宁静优雅。20多亿年是多么漫长，根本无法用纪年来计算，任你思绪纵横驰骋也探不到边望不到尽头。诗人维吉尔写道：时间没有边界，伟大没有尽头，而生命都是有限的。是的，以人生的不满百去度量造物的20多亿年，是何等的荒诞和渺小。

山顶和下坡的接壤处，有一棵高大的楮树，树干粗壮，树皮绿莹莹的如翡翠，树冠密集呈伞盖状，枝臂坚实巨大，纵横交错，葳蕤生光。虽然长期僻居深山老林，远离繁华尘世，看上去性情比较单调，有点壮士暮年、心静如水的感觉，但由于古树久立幽谷，恪守深山，用自己顽强的生命护卫住山上的碎石泥土、嫩草鲜花，才使得天井坪绿荫覆盖，清泉长流。

古老的天井坪，当我准备转身离开你的时候，心中默念一句：此情若是长久时，又岂在朝朝暮暮。天井坪，我对你情有独钟！

五福廊桥凝风骨

暮秋时节，忽然想起去看看渭田古镇，去看看那里的五福桥，很偶然地，像是无缘无故地想起了一句话、梦见了一个人。

踏着石板的苔痕在古镇中漫步，灰白的墙，青色的瓦，大红的芙蓉花，嫩绿的吊兰叶，交织起说不出的宁静和缓慢。檐影错落有致的小巷里，有鸟声啼啭出尘，一枝斜出的紫薇树，压满了一身的粉红待绽的花蕊，风姿绰约地向你浅笑。

立于渭水河旁的石崖上，顺水远眺，一座外形壮观、极具特色的木拱廊桥横亘于渭水河上，如一条卧龙横跨溪流南北两岸。这就是松溪县，也是闽东北最著名的古桥——"五福桥"。它的拱跨交错叠架，凌空飞跃，这不就是一道彩虹？那桥屋，如廊如厝，如山如峰，如蜈蚣，如卧蚕。

我国的桥梁已有数千年的建造历史，古代劳动人民凭借自己的聪明和才智，创造了各种优美的桥梁，形成了精湛的桥梁工艺，廊桥则是世界桥梁建筑中的瑰宝。廊桥又称屋桥、风雨桥，是在桥面上建盖长廊瓦屋而形成的特殊品类，也是世界桥梁史中罕见的一类建筑，我国只有少部分地区保存下来了为数极少的一些，目前较集中地见于闽浙交界的山区一带。它们或凿石为拱，或叠木为梁，或巩石垒孔，有的横跨悬崖峭壁之上，恰似蛟龙腾飞于青山之间，气势磅礴；有的静卧于小溪碧波之上，如长虹卧波，与青山绿水相映，平添壮美景致。

五福桥始建于明永乐九年（公元 1411 年），明正统十二年（公元 1477 年）重建，清咸丰八年（公元 1858 年）毁于兵灾，光绪二十五年（公元 1903 年）重建，虽几经兴废，依然顽强地屹立着。此桥扼茶马古道要冲，一端连接青山，一端连接田畴，如一双温暖的手连通山与田之间的脉络。"五福"一词出自《书经》，是指长寿、富贵、康宁、好德、善终。承载着这么多福分的五福桥，寄托了百姓们一代代的美好愿望和理想追求。

走近这古老的廊桥，桥身很长，近 108 米，很宽，达 5.4 米，从桥的这一头望到那一头，恍如时空隧道，有层层推进的纵深感。全桥为松原木结构，块石切墩，墩上架木为梁，梁上横铺木板，以细沙做垫，上铺青条石和人字砖，以便行人和车马行走。桥面上廊屋 35 间，用柱 144 根，桥面通道两侧设木长板凳，供行人歇息，桥正中升起重檐跷脚亭阁，题为"赛灌观"。桥榭亭阁雕梁画栋，涂红描金，金碧辉煌，长长的亭阁栋梁之间的坊板上，700 多幅画作生动呈现，画作描绘着《东周列国》的分分合合，《三国演义》的烽火硝烟，《水浒传》的英雄豪杰，《西游记》的神仙鬼怪，《红楼梦》的才子佳人……每一幅画作都是一个经典故事，串起了中国历史和文学史的长廊。廊柱上还有许多前人的题墨，由于年代久远，已经斑驳霉坏，字迹显得模糊不清，但字里行间仍旧依稀可见当年书写者的笔力和功底。桥两侧外壁上封钉着风雨板，共有三层，最上层的风雨板上开启的小窗形态各异，有圆形、桃形、瓶形、折扇形、芭蕉扇形、葫芦形、桃花形和如意形等，左右两排的小窗看去就像挂着长长的一面面镜子。竖沟纹的风雨薄木板，斜支着指向桥下，挡着斜风吹落的雨水不至于侵入廊桥。远远望去，廊桥正中间隆起的重檐跷脚阁，有如一顶耀武扬威的官帽，而层层灰褐色的风雨板就像庄重典雅的官服，而桥墩就如挺拔端立的四肢，它静静的眺望着远方，承受着雨雪风霜，细数着日月星辰，追忆着千百年的沉重和担当。

站在桥头望桥底，只见碧波荡漾之中，四只船形青石桥墩前锐后丰，屹立在水中，溪水经过桥墩分流时，在桥墩的锐处溅起了极细的水花，如布满青苔的驳船镶上一道银边。桥墩的尖端向上挑起，相间刻着鹰头和鸦头，使整个桥墩像展翅欲飞的鸟，充满着灵动的美感。奇怪的是每只鹰或鸦的背上各压着一方重重的石头，也许是建桥人担心这些鸟会载着五福桥远走高飞吧。

桥的两头为牌坊式石拱门，北门两侧各镶嵌一副对联，对联上方各蹲着一只古狮，联上写着：若登霄汉复逢是鹊桥填，恍步阿房犹观何龙波卧。横批：司马题留。横批上方分别立着八尊色彩鲜艳、栩栩如生的八仙雕塑，左右两面圆形花卉砖雕以彩绘的形式装饰着，透着浓郁的民俗风情。这样的排场作为五福桥桥头的装饰，足以彰显桥的大气与贵气。桥的南门两侧也立着一副对联："安澜成砥柱，利济胜舟舆"，横批"风清坦道"。表达了五福桥在当年的重要作用。

望着桥面上磨损的凹凸不平的青石块砖，我仿佛看到当年桥上车水马龙，商旅不绝，熙熙攘攘的盛景，你瞧桥头桥尾摆满了卖农副产品的小摊小贩；桥中间一个挨着一个的小亭间里，卖茶叶、笋干的围成一堆，正津津乐道地谈论着今年的收成，分辨着菜叶笋干的等级，用当地特有的方式讨价还价；桥的另一头更是热闹非凡，原来一个武士正在挥着湛卢宝剑，表演精湛的剑术，赢来了阵阵的喝彩声；一支迎亲的队伍正吹吹打打地从桥上经过……五福桥应该还有许多曲折、传奇的故事，多少个风清月朗之夜，青年男女待月西厢，在廊桥中相会；多少次少妇送郎，依依惜别，留下许多深闺春怨；还有挑夫健妇的足迹及落魄书生和失意商人的身影，任你遐想，情趣无穷。

一阵悦耳的音乐声把我从联翩的浮想中拉了回来，发现桥上已聚集了好些人，三五成群，或坐或立或行，倒也轻松闲适，更有一些人围起了大大的圈子，宛转悠扬的音乐便从里面倾泻而出，弥漫开去。我信步踱过去，场子中间几位老人或拉或唱，怡然自得，他们手中的乐器应该有些年头了，散发着一种沧桑感，虽然是自娱自乐，但各位老人都是全身心的投入，微闭着双眼，晃动着花白的头，一招一式，起承转合，都循规蹈矩，不敢丝毫懈怠。围观者或立或坐，神情专注，听乐章，评唱腔，每每歌停音歇，掌声喝彩声便不绝于耳。我听不懂唱词，但那沙哑而悠扬的唱腔，既粗犷古朴又诙谐风趣，应该是在诉说一段久远的传奇故事。

桥上也有不为音乐所动者，在不远的廊亭里一对恋人紧紧依偎地坐在木凳上，男青年的双臂环绕着女子的肩和腰，女子的头深深地埋在男的怀里，那为恋情而陶醉的姿态，使我不禁吟起《诗经》中的"关关雎鸠，在河之洲，窈窕淑女，君子好逑。"廊桥对于恋人来说，也许就是一种风情，也许就是一种情绪。桥、屋、溪流、远山以及周围其他景物，才能演绎出让人心旌摇荡的爱情故事。

在这对恋人边上的一个廊亭里坐着两个老妇人，一个老些，一个更老些。她们每人面前摆着一个圆圆的竹匾，一边挑选着茶叶，一边絮絮叨叨地拉着家常，山野风情，民间俗语，细听起来倒也是别有一番风味。其中更老些的那位瘦小、无牙，满是皱褶的脸上挂满笑意，身上穿着一件宽大的花格衣衫，那明显是捡儿孙辈的衣服，年轻花哨的衣服罩在迟暮岁月的老妪身上，竟有那么一点可爱的天真。

一群放学的孩子有的骑着自行车，在廊桥上你追我赶，有的围着一根根廊柱尽情地转呀转，有的在长凳上矫健地翻滚着跟斗，他们红红的脸蛋上挂满了汗珠，纷纷散落的笑声喊声铺满了桥上的每一块青石方砖，廊桥是孩子们的天堂。

眼前的五福桥，让人百感交集。美景亦如美人，有时候只需看上那么一眼，就会心为所动。这廊桥样貌古旧却深藏风华。数百年之久，桥上桥下，时空流转，山风月色，尽揽怀抱，多少人事风云际会，都在它的注视下——来了，走了；生了、灭了。这廊桥，看着婴儿成为祖父、祖母，看着树苗变成参天大树，看活色生香，看万物轮回。对于眼前的世界，它最有心得却一言不发，笃定淡然。古老的桥，桥下的流水，河岸上身姿摇曳的树，吹动树的风，和爱抚着眼前一切的老天空，以及在这片土地上繁衍生息的人们，他们有动有静，互为注释，缺一不可，共同上演着一代又一代的清明上河图。

秋日午后的阳光暖暖地笼罩了古镇的廊桥，笼罩了倒映着廊桥的渭水河，笼罩了远方逶迤的群山，还有桥下洗衣的姑娘，掠过水面的白鹭，绿油油的菜园，沙沙作响的竹林……这一切构成了一幅美妙的田园画境。现代的渭田人正抢抓机遇，围绕着生态美百姓富的目标，发展创意农业，打造农耕文化，挖掘乡土人才，开发乡村旅游，实现着新时代的"五福"。

清代诗人张天树《长桥夕虹》云："凌虚千尺驾飞桥，势控长虹挂碧香霄。返照入川波泛泛，暮云拥树路迢迢。晴光缥缈岸空阔，石色参差影动摇。断霭残阳横两岸，苍茫落日见渔樵。"诗人用绝妙的诗句由远及近描写了廊桥的壮美。是啊，五福桥被山藏着，被树掩着，它不显山不露水，但每一根柱，每一道梁，每一片瓦，每一块石，都是实实在在的，它让人们坦坦然然从水的这边跨到水的那边，即使烈日高悬，这里仍有一片清凉，即使狂风大作，这里仍有一种安然，即使波涛飞卷，这里还是那样坦荡，我想，五福桥的这种气质已并不仅仅是桥的本身，它也是渭田人质朴、热忱、坚韧生命力的注解，五福桥的这种风骨已凝聚成一种精神，一种气韵，一种风情，让生命在这个驿站里，平添几许温柔与诗意，几许力量与慰藉。

仙山有灵洞

何处能让心灵安顿片刻，宁静与淡泊，让自己的脚步从容，寻回生命深处那份真诚、善良与执着？

何处能在游乐中洗涤心灵里的污浊，让心纯净，学会慈祥与倾听，在淡然中享受着那种惬意和忘我的境界。

只要你游历过，就会发现位于武平城西十里的灵洞仙山就是那个真真切切的答案。

灵洞山高 1400 多米，连绵数十里，巍峨挺拔，主峰直穿云霄，与武平第一高峰梁野山遥相对峙。山中古木参天，山险石奇，溶洞众多，洞洞相连，清代武平文人林宝树在其《灵洞山赋》里写道："灵洞之山，山重水复。小洞二十八，大洞三十六。千峰列锦绣之屏，万壑鸣佩环之玉。"又有清武平举人李非珠《灵洞山》诗云："灵洞洞灵灵不顽，玲珑怪石玉连环。烟封谷口雨非雨，云截山腰山复山。归路忽闻清馨响，回头却羡老僧闲。燕岩东畔飞泉处，分我栖霞屋半间。"古代文人墨客对灵洞美景淋漓尽致的描述，勾起我们灵洞一游的雅兴。

深秋时节，我们一行驱车来到灵洞山北麓的山门，下车后，顺着登山石阶，步入绿荫深处，向灵洞山顶进发。穿行在山林路径，左边是泉水淙淙，奔流不息的山溪，成林的夹溪桃梨，落叶缤纷；右侧则是满山冈、满山坡的翠色，树高林密，疏影遍地……当我们行至绿浓幽深之处时，突然峰回路转，豁然开朗，前面就是灵洞山寺。寺庙的左右两旁有两条溪流，左边是仙人井坑，丹井三石之水，相传是葛仙翁用来炼丹的泉水，故名仙人井，这条溪谷是道家的一统之下。右边是观音影坑，也是有三口井，相传是观音沐浴、隐身的佛井，这条溪谷则是佛家一统天下，而在两条溪谷之间的斜坡开阔处，便是灵洞山寺，寺庙大门有对联一副："洞灵水洁仙人井，院静山深忠定堂。"门楣石条上则有"灵洞山"三个行书大字。步入正殿，上厅供奉着如来佛、观音菩萨和吉祥菩萨，当你与佛祖对望，只是刹那，会让你多情地认为，他们如此执着地端坐莲台，只为了等待你的到来，这不曾约定却相逢的缘分，更是经久铭心。纵算是一粒微不足道的尘埃，她也会给你同样的慈爱与悲悯，让佛光照耀你渺小的生命与灵魂。寺庙的两侧各配一列横屋，屋里供奉着道家的太上老君和太极仙翁，佛道两家，左邻右舍和睦相处，这种佛道并存的现象，算得上是中国神学界的一大奇观。

从灵洞山寺出发，走上一条数百米长的山道，绿树四合，浓荫蔽日，泉流潺潺，尽管山道坑坑洼洼，我们还是兴致勃勃地寻找灵洞山中最有仙味的景点——仙人井。仙人井原名丹井三石，是由灵洞山泉自上而下万千年的冲击，在一大块斜石上形成的三口形状各异的井。一口像杏桃、一口像海螺、一口像龙湫，清代举人林宝树驰骋丰富的想象，把杏桃井比成瑶池之畔，虽经亿万劫，仍抱潺湲以长流；把海螺井称为满贮香泉，长蒤翠荇的美井，是"殊鹦鹉之霞杯，异沧溟之美产"；把龙湫井赞为"内若江渊之深广，外如罍爵之圆匀"的鬼斧神工之杰作。俗语说"人间好语书说尽，天下名山僧占多。"传说在东晋时（公元317—420年），江苏丹阳有位名道叫葛玄，谙熟道经，炼丹有术，人称葛仙翁（即太极仙翁）。他在游览天下名山时来到灵洞山，见此地山高林密，云雾缭绕，景色宜人，似人间仙境，特别是丹井三石之水，清如明镜，甘怡透心，正是心仪已久修道炼丹的好地方，于是停下脚步，决定在此开设道场炼丹。他在灵洞山左侧仙人井边的半山腰上修建起了一座石木结构的道观，请来太上老君神像，并把此观叫"祖师殿"，值得一提的是，这"祖师殿"的选址极为玄妙，前后左右各有一峰，正好对应着道教的青龙、白虎、朱雀、玄武四灵兽的格局，道观依山就势，遵循着道教天人合一、道法自然的理念。葛玄在设立了炼丹炉，用仙人井水炼制长生不老之药之后，还开设道场，讲经传道，祛病消灾，深受信众的崇拜，祖师殿的香火因此日益旺盛。葛玄的侄孙葛洪，这位道教神仙理论的集大成者、我国预防医学的介导者、化学家在得知此情之后，携其侄亦来到灵洞山一起修道炼丹，使灵洞山更添了一层神秘色彩。

灵洞仙山之美在于景更在于人，"祖师殿"千年流转，这里有过吕洞宾、汉钟离"争谈博弈"，这里有过"骑虎得道"的普度。有人来过又走了，只是天涯过客。有人走了又来了，做这寺庙道观的归人。当年的祖师殿早已灰飞烟灭，只有那堵高高的岩石依然俯冲状促立，浑身披满了绿茸茸的苔藓，当你置身于岩下时，一种时空感油然而生。岩石仿佛变成了自然的信笺，在历史的烟云中流传，丝丝清风，写尽简单岁月的朴素，吹遍石林，穿过叠峰的奇藤树影，在轮回中不断地演绎缠绵，构起零落的乱红，恍若梦境。如今的祖师殿不知何人何年所建，已是十分的破败，一尊老子像独坐其中，在朝杂中，独守一片宁静，在沉静中，默念一份平淡，正如花开花落的悠闲，正如冬去春来的自然。站在殿前的石栏杆旁远眺，瞬间，一阵雾团从山脚下徐徐腾起，随风萦绕山间，远处的群峰忽隐忽现，在云中沉浮缥缈，神奇的仙境升腾着出现在你的眼前。"屹立仙山行云漫漫，遥瞻东海细浪悠悠"，缘来缘去，如同潮起潮落，来时浪花翻涌，惊涛拍岸，去时碧海清波，淡泊从容，灵洞山呈现在眼前恰好似一幅千年画卷，画的名字叫"多少楼台烟雨中"。驻足欣赏，让人久久不忍移步。

正所谓"山不在高，有仙则名"，自古以来，至灵洞山寻仙的大有人在，据武平县志记载，早在北宋宣和元年（公元 1119 年），摄武平县知事的李纲就曾多次前来寻仙问佛，并在这里建起了读书堂。李纲何许人也，他真的是来寻仙问佛的吗？李纲字伯纪，号梁溪先生，生于公元 1083 年，祖籍福建邵武，是北宋末、南宋初的抗金名臣。宋徽宗二年（公元 1112 年）进士，历官至太常少卿。钦宗时授兵部侍郎、尚书右丞。靖康元年（公元 1126 年）金兵入侵汴京时，任京城四壁守御使。高宗继位初，一度起用为相，因力图革新内政，遭罢免。绍兴二年（公元 1132 年），复起用为湖南宣抚使兼知潭州，不久，又被罢官。其多次上疏，痛陈抗金大计，惜未被朝廷采纳。绍兴十年（公元 1140 年）病逝，赠少师。淳熙十六年（公元 1189 年）秉"虑国忘家曰忠，安民大虑曰定"节念的李纲被特赠陇西郡开国公，谥"忠定"文号。

史称"出将入相，南渡第一名臣"的李纲，一生历事徽宗、钦宗、高宗三朝。身处民族危亡空前严重时代的他为官时体恤百姓疾苦，敢于为民请愿，直言敢谏，节秉清刚。为此先后六度被朝廷贬谪，从京城一路贬到湖南、湖北、江西、福建、云南。最后，被贬至当时的荒凉之地海南。宦海一生屡贬屡谪，命运多舛，所谓"文死谏，武死战"，然其报国之志不夺，抗金气节不改。宋著名理学家朱熹曾以饱蘸敬仰的健笔，专为其撰写《建祠碑记》雄文，并书"一世伟人"匾。

李纲被贬武平时，年仅 37 岁，这一贬，是他人生的一大挫折，因为这不同于一般的逆境，一般的不顺，比之李白的怀才不遇，柳永的屡试不第更严重得多，他们不过是登山无路，而李纲是已登山顶，又一下子被推到无底深渊。但是，当他到了武平后，发现当地的情况比他的心境还要坏，"伏莽滋蔓，草木皆兵，四邻多垒，鸡犬靡宁。"按照当时的规矩，贬臣如罪人服刑，老老实实磨时间，等机会便是，决不会主动参政。但李纲还是忍不住，他觉得自己的知识、能力还能为地方百姓做点事。觉得比之百姓之苦，自己的这点冤、这点苦反倒算不了什么，于是他到位之后，就如新官上任一般，连续干了几件事：吏治上，大刀阔斧整治因匪寇猖獗而不宁的当地治安，增兵甲，设隘卡，促联动，严刑惩。多管齐下的举措使社会风习骤然好转，成效力显，"不轨之徒，闻风星散，使四民咸登衽席之安，商贾得免裹足之患，且谓仁义之洽，胜于干撸。"经贸上，县乡设粮长制，对境内田地进行重新丈量，对官员、士绅多余山林田地给予调剂，使佃者有山田；抓水利建设，立陂堤防护之制，倡拓荒种植，推农耕、园圃、畜牧、商贸等定业兴县政策。针对山多地少特色，提出以林富民策略，设下坝、中赤、桃溪之地为水运中心，外销本地林木、大米、药材等丰饶物产至接壤的广东潮汕地区；于城区规建新街道，集百间商铺集中营业，定逢六为墟市，辟武所、高梧、桃溪等集市，每逢墟日，武平各处集市人流如织，车马辚辚，大大增加了官税及民众收入。教化上，倡导家甲设塾，保立私学，乡置国学，县建书院，孔庙祀奉，注重礼乐、射御、书数"伸士靡不惑而思奋，咸以道德节义相尚。嗣是忠孝迭兴，贞烈相继，皆其流风余韵，普被无穷者也。"

当我们寻踪来到灵洞山寺右侧的李纲读书堂遗址时，有一股非常独特好闻的气味扑鼻而来，那是一棵非常不起眼的树身上散发出来的，那树如虬状盘缠于草丛中，我想最初的仙气是否就是这香气的由来。阳光斑驳的影落在残砖碎瓦上，仿佛穿越着时光隧道，当年李纲指定一饱学鸿儒首招 10 名学子在这读书堂中课文讲艺，其每于公务闲暇之余，则不辞辛劳亲临讲学。次年，该批学子中竟有 9 人考取秀才，此诚为边地武平人才培养史上从未有过的破天荒之喜事，此后的武平，更是屡出名士才俊。

怀经天纬地之才，诗书底蕴深厚的李纲闲暇之余酷爱游览灵洞山，这里静谧深邃的山林，碧澈剔透的洞流，以及松间明月、晓风翠竹，让他旷世雄才抱负不得施展的郁积得以艰难排遣，令其胸蕴抗金韬略奇谋无以上听的悲愤得以温情抚慰，他写了大量灵洞山的诗作，而今天存世的只有《灵洞山》《读书堂》等寥寥几首。《灵洞山》诗云："灵洞山前曲曲开，白云深锁无人来。我今欲觅山中景，洞口无尘多碧苔。"《读书堂》诗曰："灵洞水清仙可访，南岩木古佛同居。公余问佛寻仙子，赢得工夫剩读书。"古人云：人生的逆境大约可分四种。一曰生活之苦，饥寒交迫；二曰心境之苦，怀才不遇；三曰事业受阻，功败垂成；四曰存亡之危，身处绝境。处逆境之心也分四种，一是心灰意冷，逆来顺受；二是怨天尤人，牢骚满腹；三是见心明志，直言疾呼；四是泰然处之，尽力有为。李纲是处在第二、第三种逆境，而选择了后两种心态，既明心志，著文倡道，又脚踏实地，尽力去为。他不辞边地之小，不求其功之显，只是奉献于民。求成于心。当他 6 年后离任武平，官复承事郎之时，当地百姓"攀辕卧辙，截蹬留鞭，恨不能阻"。民心如镜，此情此景，感天动地。

生命是一场旷达明净的远行，将人文和历史装进行囊，携着温润的思想与情感，一路匆匆赶赴，又闲庭信步，流转四季，无悔风霜。穿行于灵洞山的山林路径，静享金子般华贵的阳光和秋水一样明净的风，听奇树异藤中的一声声鸟鸣，看杂草丛中燕岩石、元龟石、升东石，还有观音井、水门井、吕祖洞的移步幻影，与洞对话，静听不语，物与人之间的沟通在奇形异状的山石与溶洞中尽显，这是天地造就的人与自然之间的情愫。

叹赏之间，太阳已经挂在西面的山尖上，山里的天黑得早，也黑得快，还有一线天、阳刚石、洞宾望月等等绝景胜迹，此次只能与其失之交臂，不免令人遗憾。绘画妙在计白当黑，赏画贵在神飞画外，如一览无余，就兴味大减了，想到这，也就释然。也许多年以后，记忆中的灵洞仙山应该是一坛封存的佳酿，无色亦无味；是一曲流淌的弦歌，无调亦无音；是一粒飘忽的微尘，无来亦无往。回望晚霞映衬下的灵洞仙山，淡淡的山岚间，恍恍惚惚，似有无数身披霓裳的仙子翩跹……

烟雨里的青瓦黄墙

四周群山，中有盆地，古村坦洋安卧其间，恬静怡然。斜风细雨里，远远近近的茶山云缭雾绕，如梦似幻。如练的社溪水穿村而过，款款东流，村中的桂花树，错落有致，一片绿意盎然。

我在想，能够生活在这里的人们，一定是幸福的；能够选择到这里来肇基的人，也一定是极具慧眼的。这里有山、有水、有肥沃的田畴，这对农人来说，就已经足够了。

人间胜境有，还需机缘合。陶渊明笔下的"世外桃源"就是在晋太元中，被一个渔人偶然发现的。当然，是否真有其事，我们姑且不论，但从"后遂无问津者"可以看出，"世外桃源"宛如虚幻之境，可以巧遇，而不可以找寻。坦洋的先人幸运地遇见了这个"世外桃源"，从他们声色并茂、栩栩如生描述的锣鼓争鸣、龟蛇遥望、云桂飘香、清溪飞凤、玉笔尖峰、骏马飞天、天台洞府、蒙井清泉、石门弄月、鲤鱼朝天等"坦洋十景"中你已经为之陶醉。

然而，让外人对坦洋有仿若世外桃源般美轮美奂遐想的，还是因为有"仙山灵草湿行云，滋润香芽出奇著"的"坦洋工夫"这一驰名中外的红茶。

相传在明朝初年，坦洋村有个叫胡有才的村民，在自家地里培植出优良品种——坦洋菜茶。它可以从清明采到白露，平均亩产鲜叶近七百斤。当地茶农普遍种植菜茶，用坦洋菜茶加工成的烘青绿茶，条索紧结匀直，色泽绿润，香气清高纯正。一直到清咸丰初年，一位从崇安来的茶客将红茶制法带进了坦洋村，这才把坦洋菜茶的优良品质发挥得淋漓尽致。这时坦洋人胡福四创办的万兴隆庄，试制成功工夫红茶，并以"坦洋工夫"作为商标，经广州运销西欧，倍受西方市场青睐。此后茶商络绎不绝，入村求市。当地茶商和接踵而至的外地茶贩竞相在坦洋开设茶行，毗连的寿宁、周宁、柘荣、福鼎、霞浦及浙江的泰顺等县的茶叶，亦纷纷改制红茶或将毛茶运抵坦洋加工，均标以"坦洋工夫"销往欧、美和东南亚等国家和地区，"坦洋工夫"不胫而走，声名远扬。

据史料记载，清光绪七年（公元1881年）福安出口茶叶4.2万担，光绪七年至二十六年（公元1881年—1900），平均年出口茶叶万余担，这些出口茶叶大部分为坦洋村加工生产的坦洋工夫红茶。1915年在巴拿马国际博览会上坦洋工夫获得金奖。

"茶季到，千家闹，茶袋铺路当床倒。街灯十里亮天光，戏班连台唱通宵。上街过下街，新衣断线头。白银用斗量，船泊清风桥。"这首当地古老民谣，描绘了怎样一个繁华景象啊！

古村简约明了，一条几百米长的老街分为上街和下街，与社溪并肩，依水而行。漫步在老街上，当年的鹅卵石铺就的街道，已经被水泥路取代。只有老街两旁宁谧而深邃的巷道古弄依旧身披长衫，依旧从容优雅。光滑的石板路上胡氏宗祠、施氏宗祠、施光凌老宅、炮楼、天后宫等古宅、古茶行，掩映不住当年的繁华。走过一个个飞檐下的院落，抬头凝听青瓦黄墙上那些远去岁月的声音，虔诚地低下头，心中升腾着敬慕和感激。一座座明清古宅就静静立在这块土地上，岁月荡涤了它们光鲜的容颜，但其雍容华贵的内质，还在向世人诉说着曾经的兴盛与繁华。

坦洋的古民居，规模宏大，布局精巧，是典型的明清时期建筑风格。众多的古民居中，最经典的当数位于上街尽头山脚下至今保持完好的四座深宅大院，这四座古宅，为一仙堂、二仙堂、三仙堂、四仙堂，大都有百年以上的历史了，大宅的主人都姓王，当地人称"王氏兄弟宅"。

"王氏兄弟宅"实为祖孙三代的居所，第一代主人叫王正卿（公元1822年—1890年），字思珍，号经犀，坦洋工夫红茶创始人之一。从寿宁迁居坦洋后，与坦洋茶商吴步云共同创办"祥生记茶庄"。由于王正卿诚信好义，善于经营，茶庄生意日益兴隆，最盛时，仅"头春"茶销量就达一万千克。于是，王家广置田产，建豪宅六座，屋宇毗连，庭院深深，形成坦洋王家宅群。现存四座为王正卿的三个儿子和一个孙子的居所，村里人都把这些大宅称为"六扇八廊庑"，就是说它们每座是六间堂屋和八个厢房组成的。

走进其中一座古宅，只见饰有凤凰图案的青石大门匾额上书"紫气东来"四个白底黑字。门额两端写有宋代大儒、理学家程颢的诗句："万物静观皆自得，四时佳兴与人同"。大门右下方墙基处开有一小洞，这是夜间猫狗的出入口。大门上方，别出心裁地设计有一对辟邪招财之意的三脚蟾蜍的排水口。雨天，屋顶上汇聚的雨水可从三脚蟾蜍的口中"吐"出，在空中形成一股水流，再降落至地面由石板砌成的"散水"。这种设计不仅解决了屋面排水的问题，也运用"蟾蜍吐水"这一民间神话的寓意，达到向天祈福的美好愿望。

走进大门，是二门，这扇门遇有红白喜事，或迎接贵宾时才打开，平时就走左右两个通道。过二门就是天井，天井和回廊相连，抬头仰望天空，牛毛细雨从天井上飘落而下，我不禁感慨，这不就是深入中华民族血液里天人合一的儒家思想的又一种诠释吗？

走过廊庑，踏上两级青石条台阶，是气宇轩昂宽敞的大厅堂，厅堂的地势高于前庭，这是家族敬神祭祖，接待宾客，举行婚丧礼仪的场所。大厅两侧甬门上方设有神龛，是祭礼祖先、安放神位的地方，喻示着祖先高高在上或是神明在上之意。大厅正中设有一条长方形茶几，朝外的一面镶嵌着神话故事和珍禽异兽的木雕，木雕上的镀金已斑驳不堪。

从大厅两侧的甬门进去，就是后庭，一面白色的照壁上题写着四个大字"如坐春风"，照壁下用太湖石围起的小池里，几尾红鲤正自由自在地游弋着。边上的厢房里，一位白发苍然的老太太安静地坐着，也许她正在回忆着少女时代的往事，素布翠裙，手执罗扇，依窗而立，闺中独自轻愁。寂寂的流年，深深的庭院，如丝如缕的细雨徒增幽然的惆怅。四周静悄悄的，只听见时光缓慢、从容、沉着前行的声音。

古宅用木雕、石雕、灰雕作品装饰整座宅院。门坊、石额、墙裙、柱础上，梁柱间的斜撑、斗拱、额坊以及屏风，房门上的栏板、窗棂和门楣，甚至屋顶的板瓦，勾头、山墙、墀头上面，都有精美的雕饰。栩栩如生的人物、鸟兽、雅致的山水、花卉都有着某种美好的寓意。这些雕刻或优雅，或雄浑，或繁复，或简约、姿态各异，美轮美奂，无不彰显出古代能工巧匠的智慧和灵巧以及炉火纯青的刀下功夫。透露着一份古朴，一份典雅，一份大度，一份从容。

大厅在左右两侧均有一个小廊与隔壁宅院相通，可谓是厝厝相连、门门相通。隔壁的古宅形制基干一致，体现了古人和谐、开放、包容、共生的处世情怀。

走出大门，不远处有一座破败的亭子，这就是"下轿亭"，以前不论是达官贵人还是富豪商贾到此都要下马下轿才能进屋，足见当年王家在坦洋富及一方的景象。小巷的尽头就是社溪的古码头，当年上吨的船可以从这里进出。如今溪水依旧清澈，但只是浅浅地流淌着，仿佛低声诉说着曾经的繁忙。

车子渐渐驶离坦洋，从蜿蜒的盘山公路回望，高低起伏，形态各异、错落有致的封火墙，被轻纱般蒙蒙烟雨笼罩着。视野可及之处，飞之檐，翘之角，雕之饰，把古村辉煌的历史印迹凝固。每一处意象都诠释着不同的生命本真，宛若细观千年前水墨华章，如同聆听来自天国的婉转优美的音乐，内心涌动着难以言说的愉悦。

属于坦洋的岁月已老，可老得那么有吸引力，老的那么沉静，足以收纳尽所有沧桑的岁月。总有一些什么会消失不见，虽然在挽留，虽然倍感无奈。但无论怎样，古老的村落，都一直保留着淡淡的乡愁，保留着人与自然延续的根脉。做一个倾听古村故事的思考者，在不竭的时光里，芬芳生命，明媚自己。

遥远的圣湖

  幻象中的青海湖，似乎是庄子笔下的姑射之山，那里住着不食五谷、吸风饮露的神仙，遥远、神秘而又圣洁，让人心驰神往。不久前，随文联考察学习团赴青海取经，得以有幸目睹了神往已久的青海湖的风采。

  从西宁出发往青海湖有 300 多公里，宽敞的一级公路，如一条素净的哈达，笔直地伸向远方，路左面不远处是青色的山岩，巍巍然敦实地向西绵延，阳坡上披着青绿的草，不见一棵树，右面是黄绿交杂的野草，不规则地点缀着黄褐色的坡地。时而有河流从路边或桥下流过，那水也是黄褐色的，如冲淡了的卡布奇诺；水流呈 5－10 度角，自上而下，湍急奔腾，将一块块褐色岩体冲出圆润的弧线。水边常有民宅坐落，三三两两，清一色是黄土夯成的墙体，比直的墙，平直的屋顶，有如西北人民那朴实、正直的性格和精神。

  车过湟源峡谷，路边的颜色慢慢发生了变化，绿色连成一片，其间还点缀着各色不知名的小花。后来，遍地金黄浓香的油菜花和青稞、小麦相依相伴，绵延至天边。景随车动呈现在我们眼前的是巨幅的变幻的图形，或带状，或条状，或块状，炫耀而不张扬，显著而不虚荣，以黄绿这种质真质纯的色彩点缀沿途风光，给人丰富的遐想，如天公铺在人间的绝美画卷，没有什么艺术大师能为大自然裁剪出如此的华丽衣裳。我想，少了她的艳丽，不知这山、这水、这树，那羊、那云、那毡房，会感到怎样的孤独和寂寞。

  路过金银滩大草原，山坳中就是原子城——中国第一个核武器研制基地，记忆中的那极壮观的蘑菇云就是在这茫茫金银滩草原上盛开的。路旁不时出现被废弃的平房和工事，依稀还能让人感受到当年研制氢弹时的紧张场景。车子在原子城纪念馆停下，本想细细品味一下历史沉淀的深刻，可是导游找了好久，说今天没有工作人员，我们只能遗憾地隔着铁栅栏仰望近在咫尺的原子城纪念碑，它耸立在茫茫草原的寒风中，向一拨拨游人默默诉说着往日的辉煌。

再往西去，山势渐渐平缓，土色由黄渐灰，视野也越来越开阔。路两侧是大片的草场，草场上稀疏但均匀地铺着低矮的牧草，像是有人刻意种植的一般。一群群绵羊和牦牛啃食着牧草，一副悠然自得、闲庭信步的模样，这至美至纯的景色，只疑是身在梦中。间或有几只牦牛穿过隔离网，跑上公路和汽车撒欢一把。司机师傅自豪地告诉我们，青藏高原上的牛羊，吃的是冬虫夏草，喝的是唐古拉山的雪水，拉的是六味地黄丸，尿的是太太口服液……我不禁宛然，真是高原处处赛江南。当我还沉浸在周边的景致中无法自拔时，突然有人手指窗外大喊了一声："看，青海湖！"我回过神来时远远地看见草原扯出一条蓝色的带子，在天边若隐若现。青海湖——这高原的圣湖，当我将要掀开你美丽而又神秘的面纱时，心情充满了无以描述的巨大震撼。

青海湖长 105 千米，宽 63 千米，最深处达 38 米，湖泊的集水面积约 29661 平方千米，比中国最大的淡水湖鄱阳湖要大近 450 平方千米。据专家考证，2.8 亿年前，现在的青藏高原是波涛汹涌的辽阔海洋，2.4 亿年前，喜马拉雅山的隆起把全部海水逼走了，古海变成内陆盆地，可以说，青海湖是地壳运动的结果，没有喜马拉雅造山运动就没有后来的青藏高原，没有青藏高原就没有青海湖，青海湖是大海留在世界屋脊的最后一滴眼泪。青海湖古称"西海""姜海"，又称"鲜水""鲜海"，汉代也有人称为"仙海"，从北魏起才更名为"青海"。藏语称为"错温布"，蒙古语称为"库库诺尔"，意思均为

"蓝色的湖泊"，围绕着青海湖有着许许多多浪漫的传说和清新隽永的故事。相传古时候，大海里的老龙王有四个儿子，为了让儿子们学好治海本领，他把海分封给儿子们管理。大儿子分到东海，二儿子分到南海，三儿子分到北海。小儿子呢，老龙王没有分给他，只是对他说："我的海都分完了，你要是勇敢的龙的子孙，就自己去造一个海吧。"听了父亲的话，小儿子架起云头，去寻找造海的地方。他先是沿着东海飞，看到那里已经有两个大湖：洪泽湖和太湖；于是他又往内地飞，又看见两个大湖：鄱阳湖和洞庭湖。他飞来飞去找不到一块造海的地方，只得又回到老龙王身边。老龙王劝他往远处飞，去找理想的造海之地。小儿子也不甘心就这样半途而废，于是他又飞呀飞，最后飞到了大西北，发现了这块广阔的土地。他在这里大显神通，汇集了 108 条河水，造出了一个西海来，因为这个海是和东、南、北各海相抗衡的，所以面积非常大，这个海就是现今的青海湖。在藏民族传说中，青海湖里居住着赤雪女王五姐妹神，她们是藏地的保护女神，青海湖一直为人们尊为神灵加以崇拜。每逢藏历羊年，数以万计的人来此转湖朝拜，磕头转湖的藏族同胞转湖一圈大约需要三个月，一路风餐露宿，身心备受煎熬，他们非如此不足以表达对佛和神的虔诚，他们以肉体的痛苦换取心灵的自由，为自己筑就一条通往天堂之路。秀丽的自然之美与崇高的信念之美在湖畔相映生辉，动人心魄。

站在湖边，心若澄滤，水天相连，辽阔无垠。蔚蓝的湖水，它蓝似海洋，可比海洋要蓝得纯正；它蓝似天空，可比天空蓝得深沉。湖水不断拍打着岸边的沙石，仿佛从中听到了青海湖千年的回声。掬一口微咸的湖水，仿佛溶进了青海湖博大的胸怀。湖水在风中波浪轻卷，绸缎一样层层铺向远方，一切都是这样的安谧祥致，圣洁悠然。我想，中国的名山大川，历史上无不留有文人骚客的足迹和感怀抒情的诗词歌赋，但史料记载有哪一位名人到过青海湖？哪一首诗是吟唱青海湖的呢？千万年来青海湖镇定从容地身居一隅，与青山、草地为伴，独守这千年的宁静。心如止水，波平如镜的境界，早已随着那一抹亮蓝，给人留下了千曲百折的回环幽思，显得那么博大和伟岸。

夕阳西下，湖边响起了缥缈的歌声，"在那遥远的地方，有位好姑娘……"那是年轻的王洛宾与卓玛姑娘策马扬鞭，奔驰在辽阔的湖畔吧！优美动人的旋律缭绕在蔚蓝色的天空下，在浩渺的湖面上回响。再见了美丽的圣湖，我向青海湖挥挥手，风代替了她的回应，久久激荡在我的心怀，今后人生之程不论走到哪里，你那一派清澈的碧蓝，一泓明艳的柔情，一袭如诗的神采，都深深地烙在我的记忆中。

一块"御帘"的流转时光

御帘，是福建省两个由皇帝赐名的村庄之一。它位于明溪县东北夏阳乡西部，武夷山脉南段君子峰国家自然保护区东南侧，介于明溪、将乐、沙县三县群山环抱的山间盆地的边缘深处，至今已有近八百年的历史。

我无意去追寻别人所到之处的神奇，更想去找寻无人去到之处的静谧，这是出于自己的一种理解和见解。然而，一些不为人知的风景更值得一看和探究，我有幸遇见了御帘。

乍一听这名字，就觉得有点俗，又有点神秘，沾点皇气，以为是生产竹帘之地。下车驻足眺望，目光一下就穿透了御帘神秘的身影，直觉告诉我，这个世外桃源的古村落是一个迷人的人间仙境。背倚武夷余脉，整个笼罩在云燕霞蔚里，时隐时现，浓如泼墨，淡如细描，恰似画里的乡村。

城市的喧哗悄然隐去，一切都静了下来。青草、野花、树叶的气味，夹杂在空气里，无拘无束地交织着，随着馨风丝丝缕缕地漫漫弥散。闭上眼睛深深一吸，那似曾相识的味道沁人心脾。整个村庄被半月形的山体包围着，就像母亲张开温暖的怀抱，轻轻拥着自己心爱的儿女，不离不弃。山峪和村庄，也是这样亲密地依赖着，在静默悠长的时光里，互生互存。特殊的地理环境，让人产生出风水宝地的联想，也不是没有道理。果不其然，时光流转到南宋末年，著名理学家张载的第十五世孙张幼厚任南剑州将乐知县时，一日出巡经过此地，当时叫鱼林。只见青山耸翠，清溪似带，碧野如砥，负阴抱阳，吐纳有序，"莹回碧水环声带，簇挺黛山列画图"，是理想"卜吉择居"之地。于是举家迁居鱼林开荒创业。他们不忘先祖大理学家张载"为天地立心，为生民立命，为往圣继绝学，为万世而太平"的祖训家教，将重教兴学的理念演绎得尽善尽美。这里曾经建有南屏、金凤、雍睦堂、别驾、香泉、录猗元、见山等7个书院，制定了严格的教规，对张氏众弟子进行封闭式教育。使张氏后裔的心智得到空前的启发，先后涌现了南宋末兴化军通判张日中，元朝宣议郎张德行，明朝别驾张祖善，奉御左少监张昇，清朝将军张一珍，清知县张举、张会元、张安恕……一个个有志儿郎从这里走出，或武功，或文治，彪炳海内，多有建树，以才华和政绩光耀历史的星空。

我小心翼翼地走在从村中穿过的古驿道上，生怕履步声惊扰了村庄宁静。一会儿又忍不住下意识地用力跺了跺脚下磨得光亮的鹅卵石，立刻震起了深藏自记忆的烟云。宋德祐二年（公元1276年）2月，元兵南侵，南宋朝廷不战而降，元兵进驻南宋京城临安，南宋恭宗皇帝被押往北京。大丞相文天祥逃出元兵军营，拥立年幼的赵昰为端宗皇帝，改号为景炎元年（公元1276年），并在文天祥的护卫下，向广东惠州避难。途经鱼林时，突然一阵狂风骤至，赵昰所乘御轿的珠帘被吹走。当时因路隘风紧，且行色匆匆，无处可寻，只得随大军继续前行。走不多远，忽闻御轿前有人口呼万岁，双手捧着刚才丢失的珠帘，而捧御帘者正是当年任过将乐县令的张幼厚，他看到珠帘乃皇家之物，认定这支队伍是护驾军队，当即便留宿赵昰一行，安排食宿，提供军饷。国母杨淑妃深感落难之时，在这乡野僻壤之地竟然还有人能识大体，忠君爱国，于是心生感念，让幼帝赵昰赐"御帘"二字为村名。文天祥见状感慨不已，即赋诗一首以记此事，诗曰："山村何取御帘名，大宋南征重此行。珠帘忽因风卷去，芳名留与世恩荣。"

能够得到皇帝的御赐，无论其家族还是村庄，这本身是件多么荣耀的事情，更何况这村名还直接安上了一个皇家御用之物。从此，这个村庄就一直叫作御帘村，不管历史风云如何变幻，村民们都虔诚地遵循古制。我喜欢这样的村庄，干净利落，整洁有序，一座座房屋、一个个谷仓错落有致，保持着传统村落的自然和地域特色。村里没有大规模的古建筑，或者说它没有办法完全保存至今，说明任何的建筑都有其硬伤，而无法取代的则是其中蕴含的文脉，建筑只有并同文脉，才能共同树立起一道人文景观。

在村庄蜿蜒细长的小路上行走，不期然就遇上一位荷担的男子，或者坐在门口择菜的女人，他们专注的神情告诉你，乡下的生活并不像你想象的那么复杂，那么沉冗。他们从容不迫，却又都那么执着。不经意间发现斑驳的青砖封火墙上用石灰书写的"农民起来打土豪分田地""勇敢的工农子弟当红军去"的标语。字已显得朦胧和沧桑，但依旧如跳动的音符流转着时光岁月的峥嵘。

八十多年前，彭德怀、滕代远、杨尚昆等红军将领率东方军两次驻扎御帘，领导了攻打沙县、清流、归化战役，东方军司令部就设在张氏大祖屋内。雍睦堂和下土堡两处是救治伤病员的临时医院，数万红军驻扎在村庄各处，御帘村民踊跃支援红军。时值严冬，不少战士只能露宿野外、村民看到后卸下自家的门板，捆来稻草，让战士们在门板上铺上稻草睡。第二天，战士们及时将门板和稻草归还村民。不少村民将后山的毛竹砍下来，破篾片编织成担架，又组织了300多人的担架队，跟随红军赴战场，抢运伤员，转运战利品。如今，始建于明崇祯元年（公元 1628 年）的张氏大祖屋依然保存完好，御帘村民自发在这里建立起红色纪念展览室，摆放着当年红军用过的马灯、大刀、长矛、土枪、皮带，彭大将军的赫赫威风依然闪烁在古屋的空间。上甲峡口山顶、岭干山顶、大圣阁凹等地的战壕，凌霄阁上的瞭望哨，仍然静静地诉说着那个"路隘林深苔滑，今日向何方，直指武夷山下，山下山下，风展如旗如画"的烽火故事。

阳光将我的影子拉长，初夏的太阳已经炙热。一条小溪从村中流过，河水清的可以照见人影，在绿树荫下，几个小孩在水中嬉戏，不时溅起一层层水花，像一朵朵盛开的白莲。上千尾红鳍鲤在水中自由自在地游来游去，鱼儿时而排着整齐的队伍前行，时而追逐打闹，时而拥挤着抢食，发出一阵阵吞食声。静谧的山村因小溪而充满了清凉和动感，正是"浣汲未防溪路远，家家门前有清泉。"据说小溪的水位，无论晴雨，总保持略低于桥下，不多不少，十分神奇。

踏着感慨的脚步，沿溪水往上，只听见溪水低吟却看不见溪水源头。走过三座古色古香的小桥，映入眼帘的是一棵高大的紫薇树，树高8米，冠幅10米，树干直径达70厘米，据说是明初别驾张祖善从南京带回树苗在故里亲自种植的，至今已有近六百年的历史。因种在溪边，一年四季水分充足，故每年春季都会发出新芽，长出新叶，开出一大片紫色的花朵，叶茂花繁，成为远近十里八乡的一大景观。

紫薇树的后边，有一座古厝，房屋的大门打开着，厅堂里八仙桌、条山几、太师椅还依原样摆放，一幅三联的字画高挂中堂，一派威严之气。门边坐着一位老人，一把摩挲油亮的拐杖停放在怀中，目光平静、安详。一条眉头生着白色花斑的小黄狗伏在老人的身旁，见我们走过去，温顺的花狗立起来摇着尾和我们打招呼。老人因为小花狗的关注而开始用目光关注起我们。这位原本表情木然的老人，目光一闪，昏花的眼神亮了起来，慈祥地对我们每人看了一眼。当得知我们的来意，老人轻轻"哦"了一声，饱经风霜的脸上露出笑意。渐渐，这笑意淡去，复又归了平静，任我们蹲在他的身边，感受时光的从容，岁月的悠长。

走到村口，古驿道从这里蜿蜒地通向山顶，前面就是金凤岩。驿道依山傍水，就形顺势，一会儿在岭上曲折绕行，一会儿在沟壑山凹中蜿蜒盘旋，有时忽然急转直下，有时在陡峭的山崖间穿梭。古驿道建于北宋，南北走向，是汀州通往南剑州的必经要道，可想而知这里曾经何等重要和繁华。几百年的斗转星移、岁月变换，如今，这里几无人烟。只有绿叶葱茏，枝繁叶茂，轻雾弥漫，鸟语花香，幽寂僻静，一切显得真实而朦胧。这条古道虽不再有车辚辚、马萧萧的匆匆过客，却多了我们这些寻访古村和自然景观的游人。这里没有一点人工斧凿的痕迹，也没有一丝尘世鼓荡与聒噪。举目四望，午后的金凤岩别有一番景象，青翠得飘逸的毛竹，遍布在山间沟壑，黛墨色的枝条舒展着，纤纤的枝尖在山风中柔蔓地颤动。青石上的流泉发出淙淙的欢笑声，跳跃着向前，很快隐入草丛之中，只留下浅草摇曳。不远处的山坡崖畔上，耸立着两棵高大的古杉树，粗壮的根须沿着山石虬鬘般艰难地伸向下面的土壤，古杉树静静伫立在萧瑟的山风中，古朴而苍劲，灰褐色的树干需四五人才能合抱，主干高达数丈，树皮上已长出了一层厚厚的青苔，其中一棵的主干上有了空洞，旁边暴露出断枝残干，却依然尊严地巍然屹立。它们就像是肃穆的巨人，在这里站立了七百多年，送往迎来多少匆匆而过的路人。我想它应该就是这古村、古道的一个缩影，沉淀着岁月的沧桑，记载着这方热土的年轮，承载着时光的巨变。若干年后，即便它轰然倒下，也一定是历尽世间的沧桑，演绎出生命的别样精彩。忽然想起清康熙秀才御帘人张拱辰吟诵金凤岩的诗："远近参差里，应描不尽奇。松涛传响急，萝影漏光迟。惨淡萦愁绪，萧条动客思。寂然忘太古，静对几多时。"

因为时间的关系，我们不能走远，只好折返。从山腰放眼望去，只见御帘古村村东村南的千亩良田，绿油油的秧苗随风拂动，如细细的波浪层层翻卷，似铺在大地上的柔软绸缎，那是书写在大地上的诗行，在田原山水间无声的吟唱。这里的良田已形成了烟叶——水稻

——油菜或旱稻——黄豆——油菜的立体种养模式。近年来，御帘村建立在渔业养殖基地、花卉苗木专业合作社等多元化的农业产业组织，摸索出了"山水田并举，粮竹木起步，果烟油上路，旅游加品牌，科技助致富"的高山型经济发展路子。全村经济总收入达800多万元，获得了福建省"最美休闲乡村"称号。

漫步在御帘古村，你能体会到乡村的诗意，就在岁月的更迭，四季的转回之中。生命的愉悦，不只是弄花香衣，掬月在怀，而且还要把恬淡而悠然的生活编撰成生命的音符，才不负岁月。路遇一位久居省城的朋友，前不久回到御帘定居，帮助发展村庄旅游，他说，哪里也不如家乡好，民风淳朴，乡土气息浓厚，在外面找不到根，根就在我们的村庄。一直以来，我们把乡下的村庄称之为根，它根植在乡村、在田野，根植在浓浓的亲情之中。作为故乡的载体，它就是一种信仰，是漫漫人生中的光亮，每一次去村庄，都是一次灵魂的涤荡。

即将离开古村，御帘依然站在这里，不管你来不来，它还是在这里，安详地、不苟言笑地等着你。不管时光如何流转，我没有理由担心御帘会被时光冲淡，反而觉得会被时光这面镜子越磨越亮，闪闪发光。不论何时何地，我与御帘的距离，仅仅是那回头的一瞥。

遗韵悠悠名邺意

弄一叶小舟，荡漾于北溪之尾，去寻觅黄道周邺山讲堂几百年的悠悠意韵。

六百里九龙江北溪一路蜿蜒而下，江面最宽处就在龙文区的蓬莱峡口，蓬莱峡是古人对包括蓬莱峡、芙蓉峡、邺山等地在内的统称。在蓬莱峡，北溪流淌在茂林翠谷之间，从峡口到江东虎渡桥，三五里水路形如一弯明月，溶人文、自然风光于一炉的"蓬莱十八景"就深藏其中。

午后，小船从江宽水稳的龙头村出发，顺江而下。初春的暖阳洒在江面上，浮光耀金。在水仙花盛开的季节，郊外的空气中也弥漫着水仙淡淡的清香。南国的春天来得特别早，两岸林青叶茂，山花竞开。有了江水的甘露滋养，山涧里的花，怒放得如活泼水灵的少女，一朵望着一朵欢笑。

拐进峡口，西岸有一个叫石龟的小渡口，那里有前后相连的两座小山，后山如龟背，微微上扬，前山似龟首，伸入江中，这惟妙惟肖的一景叫"石龟饮涧"。至峡中，东岸的竹林间，有一峰昂耸，土分五色，色彩斑斓。此峰踞江岸而峙，拱腰耸背，形如蟹身。此"蟹"横峙江面，龙行虎步，俨然有王者气象，这一景就是"一蟹横江"。它的侧畔有"凤仪山"，对岸有"龙窟"和"大、小石镜"等景观，衬托了帝王家声。"凤仪山"在进峡口处，山势如一凤飞入，取"有凤来仪"之典，"大、小石镜"是两块平滑如镜的石壁，当太阳照在江面上时，从石壁上能看到倒映的光影，于是人们称它为"东、西宫

177

娘娘"的宫闱之镜;"龙窑"在东西双镜之间,几条小山脊起伏围抱,形成一个山坳,状若潜龙隐现,民间称此地为龙子诞生之地,据说南宋有个皇帝闻听此事,命一方士破了龙脉,把龙气导入九龙江,也许九龙江就是由此得名的吧。

不知不觉间,船到了邺山下,停船江心,眺望邺山,这山这水相依相偎,有点悱恻缠绵,有点含情脉脉的缱绻。山色似画,有富春山居图的韵味;水流如歌,近于诗经国风的意境。黄道周在《邺侯山记》中记述:"邺侯者,即漳艮岳之阴。北溪迸流,将汇于江东,长桥束之。步皋蜿蜒谽谺多奇,盖蛟龙出没,风涛崩激,沙土已汰,石骨总出,若或为之,莫知其然,旧称蓬莱峡,里人名之曰石仙。石仙者,指其蜕峙林立,飘然若登者也。"在小序中黄道周还说:"邺侯山,亦名焦桐山,诸子谓其骨似邺侯也,故复邺侯之,并以名园。"文中所说的邺侯名李泌,乃唐朝大臣,历任肃宗、代宗、德宗官职,位至宰相,受封邺县(今河北临漳县北)侯,简称李邺侯,由于政治上的诸多建树,使他成为南岳衡山的一位传奇人物,为儒家、佛家、道家和政治家所共同赞颂,黄道周改焦桐山为邺侯山,称其讲堂为邺山讲堂,可见受其影响至深,邺侯情结昭诸世人。

船靠岸边,前面的山谷就是邺山讲堂的遗址所在。怀着朝圣的虔诚,踏上了向往已久的圣迹。坡地及沿岸的林地种着龙眼、枇杷、榕树和小叶榄仁等树木,四下杂长着藤蔓、绿草和大片大片的水芋,还有一种不知名的植物,开出的花朵上红下白,状如燃烧的蜡烛,我称它为"书院花"。阳光透过枝叶,星星点点地洒落下来,鸟鸣的啾啾声,愈发增添了峡谷的清幽,一时有几分的怅然。虽是初春,蜜蜂已在花朵上辛勤地劳作,一只蝴蝶在流连,它们似乎忘记了季节,忘记了生命的周期。我也有些恍惚了,那只蝴蝶是从庄周梦里飞来,还是一直停泊在这里,是它们滞留在时间深处,还是我穿越时空,溯洄到了前朝？时空似乎有点扭曲，我恍然如梦。

在齐膝的杂草里倒伏着一块断开的"邺山讲堂严禁砍伐树木告示"碑，碑上"……清流激湍，劲竹苍松，交萦左右，实藏修之胜地……"等字样仍清晰可辨，碑的年代文字已不知去处。这片区域据记载，有二十多处的摩崖石刻：黄道周书"蓬莱峡""芙蓉峡""鸟道不绝风云涌""墨池"和"游磬"等；三位清代进士也各镌题刻，黄宽题"黄岩洞""静如太古"；黄可润题"得珠""冠峰""蕉叶"；单德谟题"吾道南来"等等。我们从匿于疯长的棘林杂草间，只寻得"芙蓉峡""蓬莱峡""黄岩洞""静如太古""得珠""墨池"等六处，其余尚不得所踪，而"游磬"则刻于江中巨石，水涨则隐，水退则现。邺山的山石多为石质疏松的沙砾岩，易于风化，看着题刻萧瑟沧桑的模样，我担心也许不久的将来会消失殆尽。至于讲堂各处具体的遗址位置，带路人也有些茫然，说不上来。绕邺山而过的北溪当然知道，立于其中的古老的风水树也可能知道，但它们都选择了沉默，历史，在这里隐藏了寻找的线索。

据说，黄道周选择邺山建讲堂跟徐霞客两次畅游九龙江北溪，并与之畅谈北溪的地理山水有关。明崇祯元年（公元 1628 年），徐霞客第三次入闽，探望在漳州任职的族叔徐日升，并拜访丁艰在家的好友黄道周。崇祯六年（公元 1633 年），徐霞客又专程南来漳浦，探慰黄道周。黄道周观阅了《徐霞客游记》，动情地写下了"读游记知名山，幽胜无奇不有，不觉手舞足蹈，欣赏不已。"并写下《赋得孤云独往还赠徐霞客》诗，表达了两人情意醇厚难以割舍之交。其夫人蔡玉卿更是诗兴骤发，挥毫写下《读霞客游记》诗，从诗文中，可以看出同样酷爱山水的黄道周及夫人对徐霞客畅游大江南北的敬慕和赞赏。特别是徐霞客描述的北溪蓬莱峡的僻静风光，引起了黄道周对邺山的关注。一是邺山地理位置的特殊性，它处于一个群峰连绵起伏，山峦叠峰，悬崖峭壁的偏僻、幽静场所，与黄道周专心致志、淡泊明志的治学思想有关，他主张"古人读书，入山必深，入林必密"。认为只有安静的地方才能"意静心诚"，达到求学修身治学善性目的。二是邺山自然环境符合办学的标准。除了偏僻幽静特点外，邺山"近山、近水、近月"，三者兼备，十分独特，优异的自然条件，非常切合黄道周创办讲堂的标准——"知山、乐水、好石"之性情。三是邺山与黄道周忠孝的人格信仰有关。附近的云洞岩山脚下的蔡板村就是夫人蔡玉卿的娘家，此时蔡玉卿父亲还健在，所以黄道周选择邺山出于孝心、孝义、孝道，便于夫人探视照顾父亲。同时也便于在此会友、收授弟子，因为黄道周志同道合、忠贞不渝的好友林轩、陈天定等就住在离蔡板村约三四里地之遥，对虎渡桥、万松关及云洞岩周边情况非常了解。

邺山讲堂是黄道周倾注了大量心血创办的，也是他一生中创办的最后一所规模最大、人数最多、规格最高的书院，特别是他"十年磨一剑"之意志更令人叹服。

黄道周（公元 1585—1646 年），字幼玄、幼平，号石斋，自幼家贫，但聪颖好学。五岁进入铜山崇文书院学习，十一岁便能文善墨，写就一手好文章，十四岁开始外出游学，由于他的才华横溢，被许多有学之士誉为"闽海才子"。二十三岁时黄道周开始致力于讲学著作，之后迁居漳浦县城专心攻学，天启二年（公元 1622 年）中进士，入仕为官。先后任天启朝翰林编修，经筵展书官；崇祯朝翰林侍讲学士，经筵展书官；南明弘光朝吏部侍郎、礼部尚书；隆武朝武英殿大学士、吏部和兵部尚书等职。

崇祯五年（公元 1632 年）正月，黄道周被崇祯帝以"滥举逞臆"之罪削籍为民。回乡后便在漳州府紫阳书院聚徒讲学。此时，他萌发了在蓬莱峡建讲堂的意愿。

筹建进行之时，崇祯九年（公元 1636 年）黄道周被朝廷召回京城复了官职，两年后，由于连向朝廷上了三本奏疏，再次惹怒崇祯帝，被连贬六级，到江西按察司任小官之职。此番遭贬，使黄道周声名愈重，"天下称直谏者，必曰黄石斋。"黄道周为官以国事为重，不计个人得失，刚正不阿，敢言直谏，表现了为国为民、光明磊落的情怀。

崇祯十五年（公元 1642 年），黄道周告病辞官，翌年回到漳州府。昔日的朋友和学生前来看望，黄道周再次提及十年前在蓬莱峡建讲堂之愿，于是大家纷纷解囊，筹资建堂，作为黄道周驻漳讲学之所。

崇祯十六年（公元 1643 年）五月上旬，至崇祯十七年（公元 1644 年）八月中旬，黄道周在峡中建"三近堂"，在峡北筑"与善堂"，在峡南盖"乐性堂"。此三堂为登门学子"雅集课艺，因文证圣"的首要场所。因黄道周将焦桐山改为邺山，故而称之为"邺山讲堂。"

黄道周非常重视道德教育，在建筑"三堂"时，与善堂是最先落成的，堂内安放着黄道周所追慕的八圣九贤，故又称为"邺山神堂"。黄道周在《与善堂记》中记载："诸生于邺山构三堂，而神堂先成"，可见他对与善堂的重视程度。《邺山讲仪记》中记载，黄道周每次开讲，门人及宾客必须先到神堂拜谒先贤后，方能进入讲堂。开讲前，鸣鼓升坛，率众宣誓一番"忠信礼义""涤心立志"之类誓言后就位，又在乐声中互相献酬歌诗，礼毕才正式开讲。讲课后，再鸣鼓奏金，把宾客门人送走。可见，黄道周对登门学子的道德品质和行为礼仪要求甚高。

三近堂是黄道周讲学的地方，取意于孔子的"好学近乎知，力行近乎仁，知耻近乎勇"。三近堂内建有轩阁庭院，庭院中种植着许多梧桐树和桂花树。庭院靠近江边，临近钓台，约有二丈，前为砚山，砚山前又建有左翼室，称为"檀院"。据清光绪版《漳州府志》记载："在邺侯山，明詹事黄道周讲学于此，中建讲堂，撰讲仪具，琴瑟钟鼓。四方之士从游者数百人。"

乐性堂又称课堂，位于三近堂南侧，是登门学子考论的地方。黄道周在邺山讲堂亲撰《邺山讲仪记》《邺山书院记》和《三堂记》等一大批诗文作品和笔墨碑刻，主张君子应"翱翔德林，容于山水泉石之下"，注重学、知、行的统一。邺山讲堂不愧为古代书院"天人合一""学用一体"的典范。

自从黄道周开设讲堂于邺山后，官道车马、南北舟楫慕名而至聆其讲学论道。清代《龙溪县志》记载了当年讲学之盛况："黄道周讲学江东……四方学者环江门来听者千艘。江东之盛，比之汾河，亦一时盛事云。"

然而黄道周生不逢时，邺山讲堂也生不逢时。崇祯十七年（公元1644年）五月，黄道周来到邺山避暑，同时也督巡讲堂建筑情况，漳州府众多学子闻讯，纷纷赶到邺山来，希望能得到黄道周的指导。由于主讲堂乐性堂尚未落成，而学子云集，只好以刚建成的三近堂让一千多名学子挤在一起住宿，讲学大会则在用于祀先儒神位的与善堂举行，讲学大会开得轰轰烈烈。

十数日后，"燕都三月十九日之变至"——崇祯皇帝三月十九日自缢煤山的消息才传到漳州。这一天，对于黄道周来说无异于天塌地陷。对于一个忠臣来说，有什么比国破君亡更让他悲痛的？黄道周率诸弟子在邺山讲堂"祖发而哭者三日。"并留下一篇吊文《邺山讲堂哭烈皇帝文》。

随后，黄道周为了抗清，离开了家乡，辗转南京、福州、江西等地，最后抗清失败，于顺治三年（公元1646年）在南京就义。就义

182

之前，黄道周慨然曰："为我致意邺山，吾亦欲归，未知何日！""诸弟子乃留子之魂于邺山……"掷地有声的话语让我们真切地感受到黄道周对邺山讲堂的魂牵梦萦。

随着黄道周的离去，邺山讲堂亦日趋荒芜。正如黄道周的学生洪思在诗歌《邺山》中所说的："讲堂孤冷似渔家，月满茅门闭水崖。礼乐既衰人不见，一声清磬在芦花。"然而，从黄道周创办的讲堂中，走出了数百位学问、气节堪佳的人才，其学问在这方水土薪火相传。而更多的弟子则追随他北上抗清，慷慨赴义。好友徐霞客给予他极高的评价："至人唯一石斋。其字画为馆阁第一，文章为国朝第一，人品为海宇第一，其学问直接周孔，为古今第一。"清乾隆皇帝也感念黄道周的忠节，改谥"忠端"。清道光皇帝旨准黄道周从祀孔庙。而邺山讲堂亦被后世称为"文明书院"，邺山被称作"讲堂山"。

尽管邺山讲堂只剩下青苔累累的断壁残垣，当年种下的树也枯槁皲裂，然而站在它的遗址上，依旧思绪萦绕，感慨万千。回望这一段文脉悠悠、书声琅琅的遥远岁月，抚摸脚下这片曾经青烟缕缕、余温袅袅的故土，我仿佛听到讲堂的读书声穿过丛林、越过石壁，向我飘来。真的好想让时光溯洄到那个岁月，听一回讲堂的钟声，听一段学子的吟唱。

看到漳州东部景观区总体规划中对邺山讲堂的恢复建设方案，甚是欣喜，将根据相关史料，整治提升讲堂入口通道及周边环境景观，设计建造论坛广场、仿古书院建筑，向游人展示朱熹文化、黄道周文化、北溪文化……是啊，让渗透着先贤襟怀与风骨的邺山讲堂，继续拨动起圣洁的琴瑟钟鼓，高山流水，一脉相承……

云水琴心

明万历年间，惠安崇武城西门内有一个人，用一张七弦古琴弹奏高山流水之音，结交阳春白雪之友。他整理加工的南曲《梅花操》《八骏马》《四时八节》及《鸟归巢》等名曲，数百年来仍余音袅袅。他就是闻名八闽的琴师郑佑，字半村，因为他的琴艺造诣达到传神的高度，能在琴韵中知过去未来。大家习惯称他为郑半仙。明朝思想家李贽称赞郑佑的琴和同为崇武人的黄吾野的画为"双绝"。

郑佑的先人在崇武建城前就来此地做小生意，建城后，其住宅正好在西城门内虎石街边，这里靠海临港，交通十分方便，靠着地利生意越做越大，成了城里为数不多的富户，于是在原址盖起了一座二进三开间带护廊的厅堂式大厝。郑佑自幼很聪明，读过几年私塾，很受老师器重。父亲希望他能成就功名，光宗耀祖。

这时的崇武城常有戏班来演出，郑佑总是喜欢往戏台后钻，看乐工敲锣、打鼓、吹箫、弹琴。他觉得七弦琴的声音最美。因父亲常出资演戏，他缠上乐工学琴，乐工也总是不厌其烦地教他拨弄一番，凭着郑佑的聪颖，不多久，竟然能看懂乐谱，拨弦弹奏了。从此，他迷上了弹琴，无心于仕途，终日与一伴少年朋友弹琴玩耍。

世间再也没有一种乐器比古琴更加神奇莫测，再也没有一种乐声比古琴更加空灵淡远了。那是一种天籁之音，琴韵里充满着遥远的深邃和巨大的神秘，你无法用语言来描绘它，而它却能使你洗心涤虑，荡胸滤腑，宠辱不惊，去留无意，无怪乎《崇武所城志·崇武所名人（明朝）》载："郑佑，为人狷介孤蹇，超然势利，不沦流俗……"

郑佑二十多岁时，父亲去世，他把生意交给伙伴去做，自己身背古琴，云游于八闽大地，拜琴师、访琴友，以求绝响而尽其术。一天，郑佑从一个在广东做生意的回乡商人口中得知，广东的羊城是个极繁华的地方，港口舟楫如云，街市人潮涌动，歌厅酒榭，琴弦笙箫，音乐圈里名家不少，特别是有一女子叫白素娟，精通琴艺，是羊城琴界第一高手。郑佑听闻欣喜若狂，立即从商行里支出一笔款，随商人南下广东。

郑佑到羊城后，从当地的琴友口中得知，这位白素娟出身名门，幼小时父母双亡，被卖进巡抚衙门当歌姬，从小受到过名师的精心传授。长大后巡抚把她许配给一位武官为妻，俩人相亲相爱。不幸的是这位武官在珠江巡逻时遭遇台风翻船身亡，白素娟决心守节。她辞掉所有仆人，只留下一位老仆和一位女婢，从此一个宾客都不见，寂寞悲伤时就寄情于琴声。听了这些情况，郑佑求教的心更坚定了，他在白素娟的宅第边租了一间小屋住了进去，每当白素娟弹琴时他就把曲调记下来，然后自己摸索着弹奏。

一夜，白素娟推窗纳凉，独坐赏月，万籁俱静，尤觉凄凉。忽然，她隐隐听到从不远处的小楼里传来琴声，而弹奏的正是自己熟悉的曲子。她感到非常奇怪，立即差老仆前去打探，郑佑如实相告。听了老仆回话，白素娟为有这样的知音和苦心追求艺术的人而十分感动，于是让老仆约郑佑七月十五日在珠江江心的船上会面。

原来七月十五日是白素娟丈夫的忌日，每年这一晚，白素娟都会坐船到寂静的江心，在船头设下香案，对着大江上香、奠酒、弹琴，以寄托思念之情。这一日，郑佑雇了一只小船紧靠在白素娟的那只船边，他借着皎洁的月光，看着端庄秀丽面带哀容的白素娟弹奏着如泣如诉的曲子，不禁被她的深情和人品所打动，两行泪水止不住地流了下来。

待白素娟一曲奏完，郑佑上船与她相见，说明自己不远千里来羊城向她学习琴艺的心情，恳请白素娟指点。白素娟看出郑佑是一个倾心于艺术的老实人，就详细地向他讲解了拈、拨、勾、剔……的各种指法。郑佑心灵手巧，经白素娟一指点，很快就领会于心。过了几天，白素娟又差老仆把师傅临终时传给她的手抄的琴谱和指法的书，全套借给郑佑，要求他抄完后立即离开羊城，此生不再见面。

郑佑回到崇武家中，但羊城之行历历在目，他感念白素娟的知遇之恩，写就《瑶琴颂》并谱成曲。曲云："珠江月影兮，皎皎如雪；萍水相逢兮，扁舟一叶；惠我琴谱兮，白璧共徽；挥泪告别兮，弦乱音绝。"他请人将脑海中的白素娟画成影像，挂在自己的小琴轩里，每月十五晚上都要焚香礼拜，弹奏那支表达自己思念之情的《瑶琴颂》。

几年的潜心钻研弹练，郑佑的琴艺进入了新的境界，弹奏之余，他以闽南民间乐曲为基调，吸取了粤曲和其他音乐的精华，比较揣摩，融会贯通，整理出《梅花操》《八骏马》《四时八节》《鸟归巢》等南曲琴谱，对泉州以至闽南一带的地方音乐起了创新的引领作用，这些琴谱一直流传至今，成为闽南四大名曲。

中年以后，郑佑的琴艺达到了炉火纯青的地步，成了当时家喻户晓的琴师。他告诉琴友们，听琴，须要有一种平和的心境。虽未必非得跳出红尘，不在三界，与人无争，与世无争，却也须尽量做到摒除尘心，御却俗务，心如止水，意似闲云。只有如此，方能入境达妙，物我两忘。而弹琴也要讲究环境和心境的。大凡弹琴，或在虚室闲庭，或在竹前月下，且必沐浴更衣，设帷焚香，不对知音不弹，情感不到不弹，面对红尘滚滚不弹。所以子期死后，伯牙摔琴以谢，终身不操；所以嵇康临刑，奏广陵散，琴韵铺天……

郑佑对音乐的执着可谓痴迷，不惜游走四方求学，但凡听闻某地有乐师或是有从事音乐研究的高人，他必前往求教。就这样郑佑在外地遨游了三十多年，就像断了线的风筝，全然没想到回家。郑佑的儿子很有孝心，多方托外出经商的乡人打探父亲的消息，劝他回家，然后全然杳无音讯。想到父亲年事已高，再这样让他一个人在外漂泊，实在于心不忍，于是自己带上盘缠，踏上寻父之路。几经周折，终于找到郑佑，强把他迎回家。

郑佑随儿子回家时，身边只有古琴一把和琴书一箱，在外生活十分清贫。回家后，他既不出门访友，也不接待来访的客人。每天清晨早早起床，刷洗完毕就在后院摆设香案燃炷香坐下弹琴，"朝夕孜孜，顷刻无息。"甚至在他六十岁以后，仍然"其志未尝少倦"。

回乡的几年时间，郑佑致力于琴曲的创作，他坚持创新、通达开放，认为纯真自然的音乐最为美妙，主张琴曲的创作既要有利于展现乐曲所表述的内容，也要符合琴曲创作的意境。他把一生的琴曲作品编集成《南曲集成》一书，只可惜此书已失传。

郑佑六十多岁的一日清晨，他仍早早地起床，把藏在箱里的那些当年在羊城抄录的曲谱琴书一一拿出，他久久凝视着，用颤抖的手一张张地撕下，投入熊熊炉火之中。他儿子惊讶地问道，这些琴谱你历来看得比生命还重要，为什么要烧掉？郑佑抬起头望着儿子，怅然说，我的寿命就到今天为止了，当年我答应白素娟不传给他人的。一诺千金，守信乃做人之本啊！

郑佑沐浴更衣，挟起古琴，步履蹒跚地向不远处的沙滩走去。一拢素衣，玄纹云袖，席地而坐，低垂着眼睑，沉浸在自己营造的世界里。修长而优美的手指若行云流水般舞动起琴弦，顷刻间，水天苍茫、烟波浩渺的海面上漂荡起空灵淡远、委婉流畅、跌宕起伏、意境深邃的旋律，宛若来自天籁的仙乐。阳光洒在郑佑的身上，如镀上一层金色的光晕。他微仰着头，神色静宁而安详，人随音而动，他拼尽最后的腕力和指法，奏出生命最后的几粒音符。也许这不是他最得意的一次弹奏，也不是他最满意的一次弹奏，但一定是他最明亮的一次弹奏，一定是他心灵在最高昂的把位里的倾吐，在真正属于自己的云水里挥洒出熠熠生辉的琴心……

亦真亦幻葛洪山

在霞浦东冲半岛的北端有座绵绵山峰，远远望去起伏有状，平仄有错，慢悠悠若巨蟒戏水，这就是中国道教名山葛洪山。此山古称高平山，因其高且第三峰的山岩中有一个"平"字形而得名，当年葛洪闻知高平山盛产炼丹丹砂和各种中草药，不远千里携子侄来此修行炼丹，为民治病，后人为纪念他修建了葛洪仙宫，把高平山更名为"葛洪山"。

"山不在高，有仙则名。"这山因了葛洪而意外地显示出了它的特有魅力。葛洪乃何方神圣？他是东晋时期的道教领袖，晋丹阳郡句容（今江苏句容县）人，字稚川，自号抱朴子，三国方士葛玄之侄孙，世称小仙翁，他曾受封为关内侯，后辞官隐居修习玄静。他内擅丹道，外习医术，精研道儒，学贯百家，著作弘富。著有《神仙传》《抱朴子》《肘后备急方》等。《抱朴子》内外篇70卷，其内篇20卷，总结了战国以来神仙家的理论，论述神仙方药、鬼怪变化、养生延年、禳邪却祸等，是道教的理论；其外篇50卷，论君臣上下、人间得失，是阐述其社会政治思想的政论性著作。葛洪继承并改造了早期道教的神仙理论和方术，提出以神仙信仰为内，以儒术应世为外的政治主张，将道教的神仙信仰和儒家的纲常名教结合起来，是一位儒道合一的宗教理论家；葛洪坚信炼制和服食金丹可得长生成仙，长期从事炼丹实验，在其炼丹实践中，积累了丰富的经验，认识了物质的某些特征及化学反应，葛洪是炼丹史上一位承前启后的炼丹名家和化学家；葛洪精晓医学和药物学，主张道士兼修医术，葛洪在《抱朴子内篇·仙药》中对许多药用植物的形态特征、生长习性、主要产地、入药部分及治病作用等，均做了详细的记载和说明，是预防医学的介导者，对我国医药学的发展产生了很大的影响。

记得有人说过，大千世界，真个千般气象，万种风情，那一样儿那一处儿都能让人怦然心动。然而葛洪山因为葛洪而让人充满了景仰和敬重，神秘和神往，欲临之观之而后快。是啊，在山花烂漫、翠绿欲滴的季节里，我拜访了葛洪山。

车子沿着盘山水泥道路艰难地行驶，说艰难是因为水泥车道又窄又弯，开一段就要倒个车来校正方向，我赞叹驾驶员的车技。树梢上、松林间、草丛中、岩石旁到处有着各类虫鸟的鸣叫声，整个山坳显得幽深而平和，为山的壮美生添了一种神奇，足可令人虚构出神话里的许许多多人物。或许是二十多里山路太短，或许是太迷恋于大自然的秀美景色，车子很快就到了水泥路的尽头，在一处略宽的空地上停下，这就是南天宫，一座不大的道观，拾级而上就是三清殿，供奉着玉清元始天尊、上清灵宝天尊、太清道德天尊。三位天尊是道教最高的神，是由元始天王道化生而来。"太清"乃太上清净之界，也就是"神仙"的天堂。陪同我们参观的王道士瘦小、黝黑、飘逸，从他娓娓的叙说中，我感悟着道教，这个我国土生土长的宗教，道教重生恶死，追求长生不老，认为人的生命可以自己做主，而不用听命于天。认为人只要善于修道养生，就可以长生不老，得道成仙，因此也就产生了许多修炼方法：炼丹、服食、吐纳、胎息、按摩、导引、房中、辟谷、存想、服符和诵经。道教神仙学与道家、儒家思想未必切合，尤须深详，其间异同，颇值玩味。然道教既祖称老、庄，奉《道德经》《庄子》为经典，毕竟吸收继承了老、庄思想的大量内容，道家用朴素的阴阳观看待世界，讲究以阴治阳，所以提倡"无为而治"，如《道德经》里所说："为无为，则无不治。"

我站在道教宫祠前，细细地体会"天法地，地法道，道法自然"，道教的理想世界不同于佛教的极乐世界，也不同于基督教的天堂。道教的理想世界有两种，一种是世俗的，一种是宗教的。世俗的理想世界在《太平经》中讲得很明白，就是希望世界成为一个公平、和平的世界，没有灾祸、没有战争。而宗教的理想世界则是"仙境"，道教追求得道成仙，这样就能超脱生死，在仙境中过仙人的生活。不同于其他宗教的是，道教亦不认为人死后才能到达仙境，而是认为人的形体通过一些形式的锻炼可以长生不死，成仙以后也可以一样生活在普通人的世界里做"活神仙"。

　　三清殿里的三位天尊供像，面色红润而仙风道骨，伟大的道家创始人，坐立在如此的山中，如此的树边，如此的云雾中，让人憧憬，令人倾心。生活在现代的人类，大多数的宗教教义认为人生充满了不幸或者罪孽，认为死后灵魂才可能得救，然而道教却认为生活在世界上是一件美好的事情，死亡才是痛苦的，许多宗教都认为人的寿命是不能改变的，然而道教却认为"我命在我，不在于天"。道教对人生总的来说是积极的、正面的态度，就是好好地在今天生活，做善事，用道心善始善终。置身在道法之中，似乎被一种莫名的感悟从宫中窜了出来，直透入脑际又浸透周身，真犹如白日在做着美梦，梦中的仙山奇景之幻觉在脑海中翻腾着翻腾着，且挥之难去。道法自然，就如同太极一样，无穷尽、无休止，而蕴涵哲理。

　　离开南天宫，我们沿着石级小径，往山顶而去，山路蜿蜒，高峻陡峭，林木扶疏，藤蔓夹杂，山风拂人，清泉叮咚。我们在茂密的树林中往前行进，在险峻的山岩上奋力攀爬，更在醉人的花香鸟语中畅意心怀。经过一番跋涉，终于登上山顶，站在迎仙台上，禁不住心潮激荡，壮怀不已。一时间，天高地阔，群山苍莽，山风呼啸，烟云万重，海天一色，碧波浩渺。传说葛洪在此炼丹时，每年农历九月九重阳节，便与左慈、大极仙葛玄、郑隐等聚会于此，谈经论道，举棋对弈，把酒临风，天风轻拂，白云悠悠，真如神仙一般惬意悠然。道教信徒们常将"洞天福地"描绘成道教神仙的居住之所，它们位于岳渎名山的洞府之中，与现实世界有着密切的联系。这些名山洞府山峰秀丽，环境清幽，有着风景秀丽的自然环境和沉厚的文化积淀，即是道教仙真居住休憩的乐园，也是道士们展开其宗教活动的主要场所，体现了道教"道法自然"的精神，是宇宙万物和谐完美的象征，梁朝著名道士陶弘景在《真诰》中描述洞天福地"虚空之内，皆有石阶，曲出以承门口，令得往来上下也。人卒行出入者，却不觉是洞天之中，故自谓是外之道路也。日月之光，既不自异，草木永泽，又与外无别。飞鸟交横，风云翁郁，亦不知所以疑之矣。所谓洞天神宫，灵妙无方，不可得而议，不可得而罔也。"在洞天世界中，误入的世人并不感觉是在洞中，这里如同人间仙境，到处散发着花草的芬芳，绿树成荫，飞鸟自由自在地翱翔、鸣叫，令观闻者如同置身于瑶台的乐曲之中。洞中亦有日月，其状亦如现实世界，"其内有阴晖夜光，日精之根，照此空内，明并日月矣。阴辉之夜，月精主昼，形如日月之圆，飞在玄空之中。"洞天日月又名阴晖、日精，阴辉在夜间照明，如同皎月，日精在日间照明，如同阳光。可以说是一个花木鲜秀、景色明媚、空气清爽、气候宜人的和谐舒适的自然环境。道教有三十六洞天、七十二福地，遍及我国近二十个省市区，形成了浓厚的神仙人文景观，是十分重要的历史文化遗产，在当今全球环境危机，生态环境恶化的情况下，洞天福地思想有着极大的现实意义，既可以平息人们浮躁的心灵，也给人们带来一种融合于自然的美妙享受。

在葛洪山的南侧，幽谷曲折，那气势的雄浑、地形的险要，林木的幽深，高崖的峭立，岩壁的削直，碧绿的清涧，奇景怪景的众多，古藤古木的粗壮，真是令人目不暇接，陶醉不已。在一片宽阔平展的林地，密密麻麻长满着古木、藤蔓、灌木、荆棘和野草，就在这宽阔的丛林中，有一巨石突兀，巨石下有一可容数人的洞，不由得使我们进去看看，洞口似有石头砌垒，洞中虽古土陈积，但能依稀辨出曾有人住过。再向后走，有一洞眼，一人可以钻出去，称为"风眼"，走出洞外，浓郁蔽日，鸟鸣山幽，顿觉凉气袭人，向后边的幽地走去，有古建筑根基，蓬蒿上阶，青苔侵墙，古树古藤相拥，荆棘灌丛密集。这时，我的眼前被这一模糊了的历史痕迹，撩拨起了千万的思绪，这难道就是神秘的葛洪洞，据明万历《福宁州志》《福宁府志》及《霞浦县志》记载：晋葛洪炼丹处山有石洞，洞中有石屏、石几、棋局，上有篆文六字，人莫能识。然仙人已乘白鹤去，独留此洞空悠悠，往事如烟，音容杳杳，我呆呆地坐在石阶上，好长一段的时间，都处在恍惚迷离之中……在这黑黝黝的峡谷中，发现远处的太阳，在这峡谷中似乎变成了月亮。在这"月亮"般亮的光丝下，发现峡里的一切都是美的，那粗壮的树木，那缠绕的古藤，那高耸的岩壁，那黑色的花岗岩，还有那林中的山花野草苔藓荆蔓，似乎都闪着幽幽的光亮。

葛洪山的石奇，一色的花岗岩岩石在水平力和垂直力的双重作用下，历经千载，崩塌垒叠，形成了葛洪洞、马仙娘洞、海眼洞等180多个天然洞府，以及苍鹰岩、蛇捕燕等奇异景致。葛洪山的树怪，最具特色的要算松树了，这些松树大多生长在山石岩壁上的石头缝间，它们只要有一层薄薄的尘土就能立足，有的干脆在坚硬无比的石岩上挤出一条缝，把足插在石缝间生长着。松树大多不显得高大，但却显得神态古朴，似千年的老松。松树的枝叶旺盛，无论长生在山尖巨峰上，还是生长在峭壁山岩中，都顽强地伸展着它的枝叶，塑造饱经风霜且坚强不屈的形象，这些松树，在日落的暮色中，绝对是一幅世上稀少的奇妙的图画。葛洪山的藤异，许多古藤千曲百折，神态各异。

有的攀岩扶石，有的爬树垂吊，有的在地面上蛇般的盘绕很长一段路程后，突然一跃，跳上一座山岩或一巨石或一古树上，还有的从这棵树翻跳到那棵树上。当古藤攀爬至树梢或巨石峭岩上，茂密的枝叶便纵横交错，青绿旺盛，如绘长卷，即赏心悦目，又古朴可人。古藤的枝叶间开满白色的小花，芳香扑鼻，蜂飞蝶舞，微风吹来，落英缤纷，如天女散花，一幅美轮美奂的画卷。

在这寂寞的大山里，我似乎明白了古人"宁静致远"的真谛，如果能够身在此山，每日与清风明月相伴，静看云卷云舒，道似神仙一般，遇山而喜，遇树则清，遇水而不羁，那该是如何的一番洒脱的风度啊。宋代诗人韩伯修在《洪山》诗中写道："壁立东南第一峰，问知名道葛仙翁。丹砂灶逼云头近，玉井泉流海眼通。六字籀文天篆刻，数间洞屋石巉巉。我来整屐层巅上，无数群山立下风。"只可惜我辈凡夫俗子难以慧眼识得笼罩着神秘道家仙气的葛洪山的"庐山真面目"。

夕阳西下，缓缓回到山脚，仿佛经历了出世和入世，无论怎样，只要常常能记得"道法自然"，我想就够充足今生了，也不枉葛洪山太清圣境行走一回。